AZUR
La dyade des mers

MATTHIEU **VRAZINIS**

AZUR
La dyade des mers

Version Intégrale

© 2021 Vrazinis, Matthieu

Édition : BoD – Books on Demand, 12/14 rond-point des Champs-Élysées, 75008 Paris
Impression : BoD - Books on Demand, Norderstedt, Allemagne

ISBN : 9 782 322 380 886

Dépôt légal : Septembre 2021

Avant-propos

Après <u>Les fils du crépuscule,</u> un premier roman sombre et intimiste, je voulais offrir une nouvelle facette de cet univers fantastique avec une aventure courte et dynamique. Facile à lire, généreuse en suspens et en personnages, je voulais d'une histoire d'exploration, aussi dépaysante que riche de symboles et d'intrigues.

Cette histoire fut d'abord diffusée au format audio sur Youtube (chaîne mvrazinis). Si l'exercice de l'interprétation, le montage musical et les effets sonores ont confié à l'ensemble une certaine valeur immersive, il restait indispensable de conserver une trace du matériau écrit d'origine. Mais je ne voulais pas d'une version livre qui ne serait qu'une retranscription mot à mot du texte lu au micro.

J'aime à ce que chaque support, chaque création, conserve une part d'originalité. Ainsi, si en lisant ces lignes vous n'avez pas de musique épique ou de bruitages associés, vous aurez le plaisir de découvrir **trois chapitres supplémentaires** enrichissant votre compréhension de l'univers. Vous profiterez également de quelques rectifications, ajouts et corrections du texte original, sans modification de l'histoire qui reste authentique.

Merci à tous ceux qui auront soutenu ce projet et sans qui il n'aurait probablement pas vu le jour ; vous vous reconnaîtrez. En vous souhaitant un beau voyage sur l'île d'Hyd en compagnie de nos quatre naufragés...

Matthieu

Chapitre 1
Escale à Murme-Crique

Des creux de presque dix mètres, des vagues aiguisées comme les canines d'un fauve enragé, l'océan mâchouillait ses victimes sous le regard d'un ciel complice. Les éclairs menaçants demeuraient l'unique lumière braquée sur la débâcle du navire. De longues traces de gouttes immenses perlaient le long de sa coque ; le colosse d'acier pleurait. Il sanglotait même, prit dans le hoquet des flots déchaînés. Lui seul garderait souvenir de cette nuit aux eaux noires. Future épave, il n'aurait que la rouille pour compagne, les profondeurs en guise d'éternité, et tout le loisir de se remémorer son court passage parmi les vivants.

Si fier en quittant la veille le port de Brest, toute estime de lui le quitta sitôt le large atteint. Le roulis incessant n'avait besoin que d'une infime augmentation d'amplitude pour provoquer son renversement. L'océan savourait cet instant, tardant à déglutir son copieux repas.

Lorsque cela finit par arriver, l'Atlantique ressentit avec satisfaction sombrer ces tonnes rondelettes au fond de son estomac tapissé de cadavres ferreux. Cette nuit-là fut une pêche des plus copieuses, outre le cargo faisant office de plat de résistance, il put se délecter de quelques bateaux de plaisance en guise d'apéritif. Mais ce dîner lui laissa un arrière-goût désagréable, un manque de nutriments. Dépourvus d'une partie de leurs équipages, volatilisée on ne sait où, les coques demeuraient dépourvues de saveurs. Où qu'elles aient pu échouer, la gueule de l'Atlantique n'en vit aucune trace sur ses millions de kilomètres carrés.

L'océan, déçu, finit par retrouver un calme relatif pour s'en retourner bouder dans ses abysses...

* * *

Au lendemain et sur des flots plus calmes, un catamaran sillonnait l'ogre endormit avec à son bord un équipage réduit. Un petit groupe de rescapés ignorants de leur sort s'éveillait doucement sous le regard concentré de leur sauveuse.

Ses yeux turquoise scrutaient chacun de ses louveteaux repêchés, jaugeant de leurs capacités à émerger de leurs chaos intérieurs. Sa tunique de laine cyan se prolongeait en son dos par une longue cape frémissante au souffle des vents marins. Sa peau lisse, noire, ne semblait pas souffrir de l'air salé et des rides qu'il provoquait chez d'autres. Sérieuse, elle s'appliquait à maintenir un itinéraire précis vers un lieu de sa seule connaissance.

Le plus vif des quatre se releva, fardé d'un uniforme médaillé d'algues et d'oursins, cherchant son équilibre entre le battage des flots et le tangage de ses idées.

— Qui êtes-vous ? Qu'est-ce qui s'est passé ? demanda-t-il en fixant le bleu de ses yeux pour palier son vertige grandissant.

— Hélène, ça fait trois jours que je suis partie en mer, ç'aurait pu durer plus longtemps mais il a fallu que je tombe sur vous. Aucune idée d'où vous pouvez bien venir... Mais ça arrive de temps à autre qu'on retrouve des flotteurs... Vous ne vous souvenez de rien, n'est-ce pas ?

— Des flotteurs ? répondit-il, hésitant à se sentir vexer par ce terme inhabituel, non pas le moindre souvenir... Je sais juste qu'on est intervenu avec mon équipe pour venir en aide à un bâtiment en perdition... Au fait, moi c'est Éric, merci du repêchage...

Hélène regarda avec étrangeté la main qu'il brandit vers elle sans savoir quoi faire avec. Ses doigts restèrent cramponnés à la barre, tenant l'imposante voile sans risquer d'être distraits par cet individu saugrenu. Elle reprit le fil de la conversation, interrompant la gêne suspendue entre deux fracas de vagues.

— Votre équipe ?

— Oui, je suis de la gendarmerie maritime, on intervenait sur une vedette, on partait du port de Brest... Une sacrée tempête s'était levée... C'est là que vous nous ramenez je suppose ?

— Brest ? Non c'est pas là qu'on va...

— Où est-ce qu'on va alors ? intervint une naufragée qui n'avait rien manqué de la conversation.

La jeune femme, approchant la trentaine, essuyait péniblement l'eau de mer de ses lunettes pour mieux observer sa sacoche détrempée remplie de livres moisis par l'humidité.

— Fait chier ! Je devais les rapporter à la BU... souffla-t-elle exaspérée.

Éric et Hélène échangèrent un regard amusé devant le décalage de sa remarque.

— Nous retournons sur l'île d'Hyd chers amis, plus précisément au port de Murme-Crique, expliqua la capitaine, ce serait étonnant que vous ayez déjà entendu parler de l'endroit...

— Aïe...gémit un troisième allongé la tête face à l'eau, luttant pour ne pas dégobiller. Ils ont de l'aspirine à Murme-Crique ?

— Vous ne vous connaissez pas tous les quatre ? demanda Hélène à son équipage de fortune tout en virant de bord.

— Non, j'ai pas la moindre idée de qui vous êtes... intervint la dernière des sinistrées, restée dans un coin. Mais si c'est l'heure de faire un tour de table, je m'appelle Estelle. Tout ce dont je me souviens c'est que j'étais sur un grand bateau, je devais interviewer des personnalités pour un reportage, je suis journaliste, et vous ?

Le jeune homme nauséeux se leva brusquement, bombant son torse recouvert d'une chemise à manches courtes aux motifs improbables.

— Thomas, ingénieur en mécanique, 'tendez deux secondes je suis pas prêt là, s'écria-t-il faiblard avant d'être saisi à nouveau par un spasme vomitif.

— Aurélie, reprit la trentenaire à lunettes, grimaçante de dégoût à l'entente des sons de régurgitations, je suis en fac d'ethnologie, je suis simplement partie en croisière sur ce bateau au départ de Brest avec ma famille... qui d'ailleurs...

— Tout pareil... compléta Thomas, toujours vacillant, interrompant l'expression mélancolique de sa collègue.

— C'est donc votre bateau qu'on essayait de sauver cette nuit... commenta le gendarme.

— Plutôt brillant comme sauvetage, lâcha Aurélie, sarcastique.

Éric leva les yeux au ciel devant tant d'ingratitude.

— Attendez une minute, on peut pas être les seuls survivants c'est pas possible ! s'écria Estelle en pleine révélation. Hélène, faites demi-tour il doit y avoir...

— Rien, assena-t-elle, il n'y a rien là où je vous ai trouvé, pas de débris, pas de bateau, rien. C'est normal, ne vous inquiétez pas...

— Parce que vous trouvez pas ça inquiétant ? rétorqua Éric, outré par la nonchalance de leur secouriste de fortune.

Un semblant de panique gagna peu à peu les quatre rescapés, qui réclamèrent à Hélène de plus amples explications quant aux circonstances de leur sauvetage et au lieu de leur destination. Encore sonnés par la tempête, ils n'avaient guère la capacité de la moindre colère, mais leur sérénité restait soumise à lourde épreuve.

Une paix relative finit par s'installer tant bien que mal lorsque l'ébauche d'un rivage se dessina à l'horizon. La seule perspective d'une terre ferme redonnait des couleurs au visage de Thomas et l'espoir aux autres. La promesse d'une ville quelle qu'elle soit rendait possible une multitude de scenarii. Peut-être demeuraient-ils les seuls disparus ? Auquel cas tous avaient dû être secourus avant eux, ils seraient alors le dernier lot de naufragés. Une thèse peu probable comme l'attestait la simple présence d'Éric, indiquant que même la police avait échoué. Plus encore que les sursauts du catamaran, les oscillations de leurs esprits avaient fini par les rendre hagards, stupéfiés par la situation.

Au moins dénicheraient-ils dans cette fameuse Murme-Crique un éventuel téléphone pour appeler les secours ou a minima rassurer leurs familles. Ils ne pensaient qu'à cela.

* * *

L'île d'Hyd, éclairée par la grâce sobre d'un soleil hivernal, se dévoilait sous un jour magnifié. Ses falaises de granite, encerclant la quasi-totalité des côtes, constituaient une muraille protectrice, isolant davantage cette terre du reste du monde. Un phare gigantesque d'une centaine de mètres de haut toisait silencieusement l'embarcation qui s'engouffrait dans une baie au relief plus apaisé. Là, Hélène réduisit sa vitesse et entama les dernières manœuvres pour s'arrimer au port qui leur faisait face.

Pontons et planches jonchaient ce lieu préservé des récifs, idéal pour y bâtir un lieu d'arrimage. La senteur iodée des prises du jour vint saisir les nez de l'équipage de fortune, achevant de les réveiller. Tout comme l'éclair précède le tonnerre, l'odeur précède le poisson. Les filets ne tardèrent pas à s'inviter à leur champ de vision, déversant en tas cabillauds, sardines et crustacés.

De petites habitations en pierre sortaient de terre, comme une myriade de cahutes peuplées par un peuple curieux, prospérant à l'abri de toute nuisance continentale. L'équipage de Brestois fut perturbé par l'allure vestimentaire des insulaires. Certains hommes portaient des robes, d'autres des tuniques incrustées d'étranges symboles, comme les membres d'une secte ou d'une obscure communauté autarcique.

— Ça doit être des témoins de Jéhovah, chuchota Aurélie à l'oreille de Thomas qui acquiesça.

— Eh beh Hélène, tu nous as ramené quoi là ? Une poignée d'anchois ? s'empressa de plaisanter l'un des dockers en l'assistant à l'amarrage.

L'homme reluquait les quatre naufragés comme s'il eut s'agit d'un butin de pêche moribond. Ventripotent, d'une imposante stature, une longue barbe blanche parachevait son visage rubicond.

— De la bleusaille encore un peu sous le choc, faut leur laisser le temps de s'acclimater, répondit-elle en apposant un regard rassurant sur sa prise encore quelque peu hagarde.

— Z'ont pas l'air très frais... feriez mieux de vous faire vite à l'ambiance c'est pas la joie qui nous submerge par les temps qui courent...

— Ils auront tout le temps de le constater eux-mêmes. Des nouvelles de ma sœur ?

— Pourquoi tu voudrais qu'j'en prenne ? Pas foutu les pieds ailleurs que dans la baie, et c'est pour tout le monde pareil.

— Quoi ? Vous bougez pas de Murme-Crique ?

— Ça fait trop longtemps que t'es en mer toi hein ? Y a pu d'courant, plus rien. On reçoit de l'eau douce d'puis le Val, mais c'est tout, pas d'son pas d'image du reste de l'île. On reste confinés ici.

— L'écume... soupira-t-elle, songeuse. Et vous avez envoyé personne ?

— 'Sûr qu'on en a envoyé, droit sur la centrale ! Mais sont jamais r'venu... Hélène, c'est la panique ici, c'est le bide encore bien rempli qui empêche les gens de s'entretuer... mais ils sont redoutables tu sais ?

Le groupe abasourdi assistait à l'étrange dialogue sans en comprendre la moindre ligne, l'esprit accaparé par leur condition. Ils laissaient traîner leurs yeux rougis par le sel dans la foule insulaire à la recherche de visages familiers, de la moindre trace de France à laquelle raccrocher leurs espoirs.

— J'irai alors, ils oseront pas s'en prendre à moi ! lança Hélène, farouche.

— T'as l'air bien sûre ! Méfie-toi, ils changent leurs habitudes.

— Eh bah je vais faire de même Vik ! Il serait peut-être temps de bousculer nous aussi nos habitudes et de ne plus céder à la passivité. Eh vous quatre ! Si vous voulez rester ici va falloir mériter votre couvert ! Rassemblez vos affaires ou ce qu'il en reste, on part en balade.

— Ah ouais, le temps de s'acclimater pas vrai ? rétorqua Vik de son accent graveleux. Prenez au moins une 'tite chicorée, et toi aussi Hélène, pose toi deux secondes, qu'ils sachent dans quel merdier on les envoie.

Vik servit d'éclaireur jusqu'à la porte massive de la taverne du port où sa silhouette épaisse disparue. Le groupe lui emboîta le pas, toujours aussi nerveux et décontenancé, suivit d'Hélène qui ne put s'empêcher de jeter un œil à ses arrières, craignant d'être suivie.

* * *

L'auberge vétuste regorgeait de denrées locales aussi appétissantes qu'odorantes. Un pain brioché, du beurre tartiné en abondance, des confitures sucrées à foison, de quoi revigorer des ventres évidés par la traversée de la veille. Chauffée à la casserole, la chicorée embaumait la pièce à en faire oublier les senteurs de poisson. Une ambiance chaleureuse parvenait à s'engouffrer dans la fraîcheur de novembre, imbibant le bois jusqu'à le faire craqueler au rythme du crépitement du feu de cuisson. Hélène servit chacun des naufragés avec une délicatesse mêlée de hâte, l'esprit préoccupé par l'agitation au-dehors. Tous dévorèrent littéralement cette nourriture inespérée. Si l'inquiétude avait su camoufler la faim quelques heures durant, la simple vision de toutes ces victuailles su la réveiller efficacement.

— Ça vous plaît mes p'tis anchois ? 'Trouvez pas ça là d'où vous v'nez hein ? Ça s'cultive dans les prairies, juste à l'est ! Et ça nous vient de Falbourg.

— Vik, commence pas avec la gastronomie locale... rétorqua Hélène, le sourire en coin.

— C'est histoire de causer quoi, dites d'où est-ce que vous v'nez au juste ?

— De Brest ! s'écrièrent-ils en chœur, pressés d'avoir un début d'explication.

— Ah ! s'écria-t-il en attisant les regards des protagonistes. Non, connais pas c'bled ! conclut-il devant l'exaspération du quatuor.

— Hélène, merci encore de nous avoir sorti de la flotte et merci m'sieur Vik, aborda Éric qui reposa son bol, préoccupé.

— Pouvez m'appeler Vik fiston, z'avez l'âge du fils que je pourrais avoir si j'avais trouvé la mère au lieu que la mer me trouve mouhaha !

— Hein ? réagit Thomas en déglutissant sa chicorée.

— Bref merci... à vous deux, mais vous nous devez une explication, où sont tous les autres ? Qu'est-ce que c'est que cette île et pourquoi tout est bizarre ? interrogea le gendarme.

— C'est parce que ce sont des témoins de Jéhovah ou des scientologues ! s'écria Aurélie, sûre dans son diagnostic, l'index fièrement dressé, fouettant l'air de hochet accusateur.

— Ils boivent de la chicorée les témoins ? lâcha Estelle dubitative.

— Je sais pas si la boisson compte... on aurait bu du rhum elle aurait pas dit qu'il s'agissait de pirates... songea Thomas, l'air ailleurs.

— Bon taisez-vous deux minutes, ordonna Hélène, c'est pas le genre de chose qu'on peut vous expliquer comme ça surtout en ce moment. Écoutez, y a quelques mois on vous aurait réservé un accueil digne de ce nom, mais la situation est préoccupante. Gardez en tête que ce que je vais vous révéler risque de vous secouer un peu... il faut que vous ayez les tripes bien accrochées !

Tous tournèrent leurs regards en direction de Thomas qui finissait sa tartine.

— Humpf, quoi ? gémit-il avant que leurs yeux ne reviennent vers Hélène.

— Déjà, commençons par une bonne nouvelle, vous êtes en vie, ce n'est pas un rêve ni un cauchemar, et votre situation est bien réelle.

— Ah... c'est marrant j'aurais juré que c'était LA mauvaise nouvelle ça, réagit Estelle, dépitée.

— L'île d'Hyd n'est pas sur vos cartes, et Brest ne figure pas sur les nôtres non plus. Rassurez-vous, nous sommes bien du même monde... simplement... pas sur le même plan... énonça-t-elle avec délicatesse sachant que ces notions pouvaient la faire passer pour folle.

— Heureusement que vous avez dit simplement... déclara Éric, perdu.

— Cette île est un sanctuaire, une sorte d'infrastructure antique protégeant un artefact millénaire. Son énergie parcourt la terre, les plantes, les animaux, nous, vous, l'océan tout autour de nous, et permet de maintenir tout ceci réel.

— Aurélie, Thomas, est-ce que ceci a un sens pour vous ? leur demanda Éric pour qui ces explications ressemblaient de plus en plus aux discours d'une secte, donnant du crédit à l'hypothèse de l'érudite.

— Mmh rétorqua Thomas en marquant un temps, non ça ne veut rien dire... on peut rentrer chez nous ou vous allez nous pondre toute une trilogie de votre histoire ? répondit-il avec une certaine condescendance, pensant détourner le sujet vers un moyen simple de quitter l'endroit.

— Vous ne pouvez pas. Nos plans ne sont pas supposés communiquer, mais il arrive que des tempêtes exceptionnelles, à côté de chez vous, fassent office de portails et nous transfèrent quelques personnes.

— Donc on n'est pas les premiers Brestois ici ! sourit Estelle, voyant cela comme une bonne nouvelle, où sont les autres ?

— Si ça peut vous rassurer nous avons connu des gens des quatre coins de ce pays, toute la population de cette île s'est d'ailleurs bâtie comme ça, il y a eu des enfants depuis... mais globalement on a un arrivage de deux trois personnes tous les quatre, cinq ans... Nous sommes une communauté d'éternels naufragés... sauf en ce moment...

— Ça explique pourquoi ils parlent tous français susurra Estelle à Thomas d'un air narquois.

— Ça a un rapport avec les échauffourées dont vous parliez tous les deux tout à l'heure ? ponctua Éric.

Vik sortit de sa réserve et apposa sa main sur le dos contracté d'Hélène pour prendre le relai des explications. Celle-ci soupira, visiblement affectée par la teneur des évènements.

— La vie ici était plutôt simple, ça fait des années que ça dure, pêche, prière aux temples jumeaux, l'air frais, l'apéro... puis... l'a fallu que ça tourne en eau de boudin. Un groupe, comme vous, a débarqué un beau jour et a foutu la pagaille ... ils ont commencé à convaincre tout le monde d'exploiter l'île pour conquérir le continent.

— Conquérir le continent ? Avec deux catamarans et trois pégus ? railla Estelle sous le sourire amusé de ses camarades.

— Z'avez pas idée de ce qui se cache sous l'île mes petits anchois. La force sous nos pieds commande aux océans, aux vagues, aux marées, à tout ce qui concerne l'eau. Elle pourrait g'ler vos lacs, vos rivières, faire jaillir des monstres dépassant votre imagination, ou bien déshydrater tout votre corps de sa simple volonté.

Le groupe ne dit mot face à l'étonnante conviction du vieil homme, ne feignant aucunement son inquiétude. Tout aussi sceptiques qu'écœurés à l'idée d'être

19

bloqués ici, chacun tentait à sa manière de trouver un semblant de cohérence à tout ceci.

— L'île est malade... reprit Hélène dont l'émotion était perceptible, ces étrangers corrompent notre population, nous liguent les uns contre les autres, si bien qu'aujourd'hui nous formons une nation coupée en deux.

La navigatrice étala sur la table un grand parchemin de cuir où était dessinée avec une précision toute relative la carte de l'île. L'ensemble du groupe s'empressa de débarrasser la surface des victuailles devenues encombrantes pour se concentrer sur cet élément. Si le récit actuel du contexte leur semblait encore invraisemblable, une carte avait au moins le mérite de permettre d'évaluer des distances, une orientation, quelque chose de concret. Éric adressa d'ailleurs un clin d'œil discret à ses compagnons pour qu'ils en retiennent le maximum d'informations.

— Nous sommes pris par l'urgence de la situation, commenta la navigatrice, tous les séparatistes se sont réunis à l'est de l'île sous le nom de « l'écume cuivrée », ils mènent des opérations de sabotages des installations protectrices du temple et de la relique.

— Comme je disais à Hélène, reprit Vik, ces rats sont probablement à l'origine de la coupure de courant, en saccageant la centrale du phare d'Occlume. Si le cœur vous en dit, et si vous voulez vraiment avoir une chance qu'on réfléchisse à comment rentrer chez vous, vous devriez commencer par-là !

— Alors... vous êtes des nôtres ? demanda Hélène.

Tous échangèrent un regard d'incompréhension, rien de mieux ne s'offrait à eux en réalité. Leur condition de naufragés ne leur permettait pas le luxe de refuser cette proposition pour partir vers un nulle part couru d'avance. Éric s'avança et répondit pour l'ensemble du groupe.

— On vous accompagnera... mais je vous préviens, si c'est un délire New Age ou une connerie du genre, on prend le premier bateau et on s'barre de cette île !

— Ça, je vous crois sur parole, sourit-elle avec sarcasme.

— Haha ha ! s'exclama Vik avec enthousiasme, bienvenue dans l'Ordre du Crochet d'Argent les p'tis anchois !

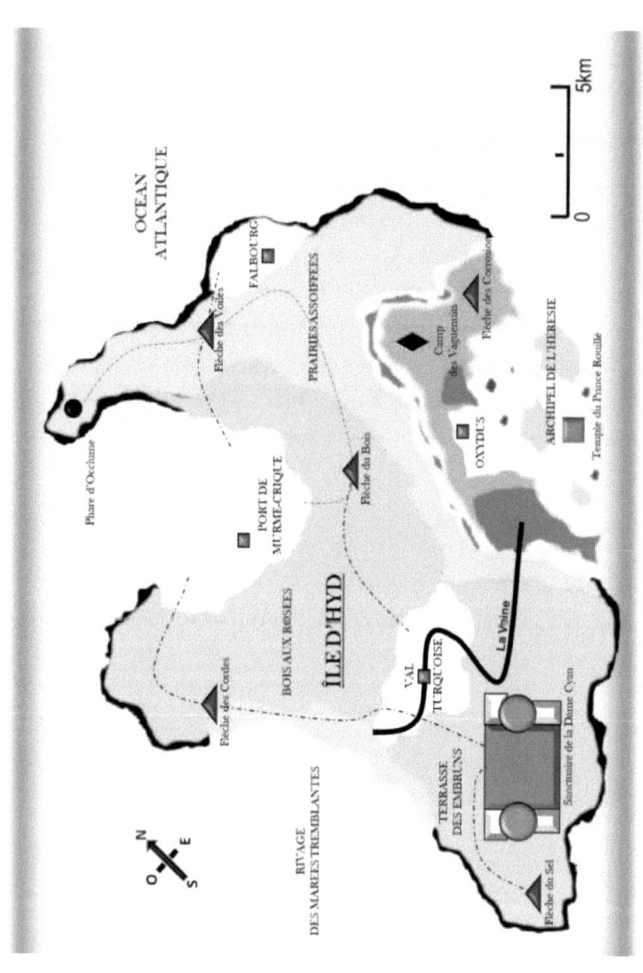

OCEAN
ATLANTIQUE

FALBOURG

PRAIRIES ASSOIFFÉES

Flèche des Voiles

Phare d'Occlume

Camp
des Vapoureuix

Flèche des Corrosion

ARCHIPEL DE L'HÉRÉSIE

OXYDIUS

Temple du Prince Rouille

Flèche du Bois

PORT DE
MURME-CRIQUE

BOIS AUX ROSES

ÎLE D'HYD

Flèche des Cordes

RIVAGE
DES MARÉES TREMBLANTES

VAL
TURQUOISE

La Veine

TERRASSE
DES EMBRUNS

Sanctuaire de la Dame Cyan

Flèche du Sel

N
O   E
S

0   5km

Chapitre 2
La flèche des voiles

L'île d'Hyd s'étendait sur une superficie relativement grande, avoisinant les 400 km², c'est ce qu'en déduisit Thomas après avoir examiné la carte d'Hélène. Si cette information n'apportait rien d'utile à première vue, elle conférait du crédit aux dires des habitants locaux. Comment une île de cette taille pouvait exister en passant totalement inaperçu, sans communication avec le monde extérieur, en 2008 ? Tous espéraient que leur petite expédition ramènerait quel qu'indice d'une éventuelle supercherie, la découverte d'une blague de mauvais goût ou même d'une caméra cachée. De façon plus rationnelle, ils espéraient y découvrir un moyen de rentrer chez eux et de retrouver leurs proches qu'ils imaginaient avoir survécu quelque part si ce n'est dans leurs cœurs gorgés d'eau.

Deux heures de randonnée les séparaient du Phare d'Occlume, mais la route s'avérait moins pénible que ce que le relief escarpé de l'île pouvait laisser présager.

Si la pente restait raide, les hauteurs nord-est demeuraient relativement découvertes, exposées au vent certes, mais dégagées de toute végétation sinueuse. À travers ce que les habitants nommaient les *Prairies Assoiffées*, ils progressaient rapidement de bosquets en pâturages, jusqu'au détour d'un chemin où une rencontre vint troubler leur cadence.

* * *

Un homme à la démarche princière, vêtu lui aussi d'une robe, teintée cette fois d'un bleu roi mêlé d'un roux cuivré, marchait en compagnie de deux subalternes. Sans doute s'élevait-il à une haute hiérarchie à en juger par la plus grande profusion de symboles et la présence d'épaulettes. Éric remarqua immédiatement ce détail, lui qui demeurait coutumier des grades et galons.

Les autres jaugeaient la dangerosité de la rencontre à l'expression d'Hélène qui, si elle frémissait de colère, ne semblait pas craintive. Le visage des trois individus se camouflait sous d'épaisses capuches.

— Tiens dont, voilà qu'on croise du beau monde sur les petites routes de campagne, s'écria le meneur, sarcastique.

— On peut savoir ce que vous foutez dans cette zone, vous avez déjà Oxydus à pourrir non ? rétorqua Hélène avec verve.

— Trop petit... besoin d'air ma grande, ta sœur t'a pas dit ? On a eu besoin d'un peu de jus pour une petite expérience.

— Eh Manorak, c'est qui ces gus ? lui adressa son subalterne.

— Hélène, est-ce qu'on doit se méfier d'eux ? lui marmonna Éric en serrant les dents.

— Oui... lui répondit Hélène par le même grincement.

— Par méfier j'entends leur péter la gueule... détailla-t-il

— J'ai bien compris mais non... émit-elle discrètement.

— Z'avez vu leur dégaine ? On dirait des gens du continent ! s'écria l'autre acolyte.

— C'est vrai ça... vous avez les mêmes fringues dégueulasses qu'les Vaguenuits avaient avant de débarquer ici. Z'êtes avec eux les p'tits gars ? demanda Manorak, curieux mais non moins désintéressé.

— Non ils sont avec moi, abrégea Hélène, qu'est-ce que vous avez fait à la centrale ?

— Répondez à la dame, je suis gendarme, vous seriez gentils de coopérer, ajouta Éric dans une tentative d'autorité.

Manorak et ses deux acolytes éclatèrent de rire à gorge déployée, n'affichant aucune peur à la mention d'une éventuelle autorité légale.

— Ah mes petits cochons ! 'Savez pas dans quoi vous avez mis le groin ! M'sieur le gendarme, êtes-vous certain d'être du bon côté de la loi ?

— Ça suffit ! répondez à la question ! répliqua Estelle qui n'en pouvait plus de ces tergiversations.

25

En parallèle, Aurélie s'était saisie de son calepin et reportait à la hâte et en toute discrétion quelques croquis des inscriptions sur les robes du groupe. Des éléments répétés ne pouvaient constituer un hasard, peut-être que ces quelques dessins à la hâte l'aideraient à mieux comprendre l'origine et les motivations de ces étranges pratiques. Peut-être était-il fait mention dans l'un de ses ouvrages d'un quelconque culte excentrique au large de la côte bretonne ?

— Baissez d'un ton les étrangers ! Je te l'ai déjà dit Hélène, on a eu besoin de courant. Maintenant si vous voulez réparer faites comme ça vous chante, on en a plus besoin de toute façon.

— Vous avez touché qu'à la centrale ? s'écria la navigatrice aux vêtements azurés.

— C'est impossible de ne toucher qu'à la centrale banane...

Éric dégaina son arme et la pointa vers le chef du trio, sous le regard teinté de désapprobation de l'ensemble du groupe.

— Sois poli avec ta robe de chambre, fusa-t-il.

— ... on est obligé de dériver le flux de la Flèche des Voiles, continua Manorak sans y prêter attention, c'est comme ça que ça marche. Mais si vous voulez refaire votre tambouille, c'est par là qu'faut aller.

— C'est fou comme ça délie les langues hein... déclara Éric triomphalement en exhibant son arme.

— On n'a pas peur de vous crétins, mais plutôt de la sœur de votre chef... soupira Manorak. On a ordre d'égorger tous ceux de l'ordre qui croisent notre chemin, mais pas de toucher à un seul cheveu de la petite Hélène... hein ? T'entends, ta sœur t'estime encore un peu, c'est pour ça que t'es encore en vie !

La vivacité du dialogue en première ligne donnait droit à quelques commentaires du reste du groupe à l'arrière, cherchant encore à comprendre la teneur des évènements.

— C'est une histoire de famille le bordel en fait ? chuchota Thomas à Estelle.

— En même temps c'est une île, faut pas s'étonner d'avoir des problèmes de consanguinité, répondit-elle amusée.

Le groupe passa le barrage de ce qu'Hélène leur annonça être la faction rivale, l'écume cuivrée. S'apprêtant à entamer ce qu'il leur restait de route, Manorak eut une dernière réplique, cinglante.

— Si vous voulez réellement rentrer chez vous les amis, vous n'êtes pas dans le bon camp.

Ses acolytes rirent à voix basse, regardant l'équipée d'Hélène s'éloigner, assommée par cette dernière phrase qui trouverait tout son temps pour mûrir et dissoudre leurs esprits.

* * *

Le reste du chemin s'éclipsa bien rapidement au rythme des explications d'Hélène sur l'organisation de l'île. En effet, celle-ci leur indiqua que toute l'électricité produite provenait d'une centrale électrique construite sous le phare.

Le courant parcourait d'épaisses lignes souterraines jusqu'à des sortes de bâtiments relais, appelés Flèches, qui redirigeaient l'énergie. Au nombre de cinq, les flèches constituaient la première ceinture de protection de l'artefact que contenait ce bout de terre flottant au milieu de nulle part. La majeure partie générée servait donc à cela, et le reste à l'alimentation des villages.

Hélène digressa sur la façon dont l'écume cuivrée exploita jusqu'à sa destruction la Flèche du Fer, qui fut rebaptisée Flèche des Corrosions par le peuple insulaire. En quelques semaines, la destruction du sanctuaire engendra une terrible pollution métallique, qui teinta la terre de rouge et libéra à ses dires, un fléau d'une nature encore inconnue.

Selon sa thèse, les Vaguenuits comme ils se baptisaient, ces colons à l'origine de la création de l'écume, semblaient ne pas porter toute leur activité sur la destruction des Flèches, mais sur l'exploitation des ressources d'Hyd pour des projets secondaires dont la teneur réelle lui échappait encore. Hélène restait persuadée qu'ils nourrissaient tout de même leur ambition première avec toute la préparation nécessaire. À ses yeux, une attaque de grande envergure n'était qu'une question de jours, bien qu'elle tentât fréquemment d'échapper à cet enjeu en naviguant à bord de son catamaran pour se perdre dans l'infinité de cet unique océan.

Le groupe n'osa pas aborder le sujet de sa sœur, sachant que la question finirait par se poser tôt ou tard.

* * *

Le récit s'acheva lorsque la Flèche des Voiles ne fut plus qu'à quelques mètres. Les naufragés restèrent ébahis devant cette structure étrangère à toute convention d'architecture. Une impression curieuse se dégageait de ce bâtiment qui semblait avoir été bâti par des mains non humaines. Thomas nota l'absence de béton, de bois, de chaume ou de tout autre matériau habituel de construction, les murs étaient sculptés dans un élément inconnu, d'apparence métallique, aux reflets chromés.

Le hall principal présentait une forme rectangulaire, embrassé par deux tours pointant vers le ciel. Un intense grésillement pouvait être entendu émanant du cœur de la flèche. Une machinerie complexe était à l'œuvre ici. Ils entrèrent, laissant Hélène et Éric devant.

Dans cette vaste première salle, un membre de l'écume cuivrée les attendait, davantage vindicatif que ses prédécesseurs. Armé d'un bâton sculpté, il chargea le groupe sans le moindre avertissement.

Seul Éric su réagir à l'assaut, entrant dans un rapide pugilat avec l'agresseur. Son expérience lui fit venir rapidement à bout de l'ennemi, l'assommant de sa propre arme. Néanmoins, l'adrénaline laissa place à une douleur à son avant-bras, frappé à de multiples reprises par le bois durci.

— Fouillez-le Éric, s'il était là pour garder les lieux, il a sûrement quelques informations sur lui.

Éric s'exécuta non sans se vexer de ne pas avoir été félicité pour son héroïque vivacité.

Thomas et Aurélie examinèrent la salle avec minutie. Le premier eut l'idée de sortir la boussole pendue à son sac à dos, notant l'orientation de dalles de pierres triangulaires, colorées, pointant précisément dans les huit directions cardinales. Au centre de ce hall trônait un mat donnant sur l'étage supérieur.

Aurélie reprenait quant à elle l'exécution de ses croquis, dessinant l'ensemble des curieux symboles étalés sur les murs. Cette fois, les glyphes s'organisaient en séquences ordonnées, de véritables phrases. Aucun doute ne subsistait pour son intellect quant à la découverte d'une langue primitive oubliée.

— C'est fascinant, soliloqua-t-elle en griffonnant son carnet, on dirait une sorte d'alphabet entre le cunéiforme et le runique...

— La salle est orientée plein nord, regardez les flèches au sol, les dalles remontent un peu, dévoila Thomas en s'agenouillant pour s'approcher du plancher. Elles sont légèrement surélevées, on dirait des boutons pressoirs ! conclut-il.

Estelle porta son dévolu sur deux portes adjacentes, orientées ouest et est, donnant probablement sur les deux tours. Avec ire, elle ne put que constater que celles-ci étaient verrouillées à clé. Durant les découvertes de ses camarades, elle s'employa à étudier le mécanisme de la serrure en vue d'un éventuel crochetage.

— Te fatigue pas Estelle, on a trouvé la petite coquine ! s'écria Éric en sortant de sa poche une clef de bronze de grande taille.

Estelle ouvrit la porte et monta à l'étage, accompagnée de Thomas et du gendarme désireux de veiller à leur sécurité. Aurélie resta un moment à contempler les inscriptions murales, avant de remarquer qu'Hélène les lisait avec un regard plus assombri, presque empli de chagrin.

— Vous comprenez cette langue ? demanda-t-elle avide de connaissance. Vous savez que c'est sans doute une découverte archéologique majeure ? Vous avez un dictionnaire ? Quelque chose pour déchiffrer ?
— Peu de gens peuvent le lire... laissez ces murs où ils sont et rejoignons les autres.

* * *

Les deux tours donnaient sur un premier étage commun où le mat trouvait toute son utilité. En effet, une longue voile d'une dizaine de mètres d'envergure s'enroulait autour. À ses côtés, quatre engins semblables à des souffleries projetaient un air affaibli vers l'extérieur du bâtiment.

La compagnie poussa un cri en découvrant trois cadavres au pied du mat, portant des robes aux couleurs distinctives. Les deux premiers arboraient les teintes d'Hélène ou de Manorak, permettant de facilement identifier les deux factions à l'œuvre. Mais le troisième avait revêtu un habit bleu nuit, plus sombre que les deux autres, aux broderies plus retorses et confuses.

Éric, Estelle et Hélène se mirent à la fouille. Cette dernière commanda aux autres de ne pas s'éloigner.

— Il n'y a aucune trace de lutte, commenta Estelle, comment sont-ils morts ?

— Aucune idée, frémit Hélène, l'homme en cyan était le gardien de la flèche, un bon ami...

— Nous sommes désolés... réagit Éric avec un calme rassurant.

— En d'autres temps nous aurions célébré ce retour à Dieu conformément aux rites de l'eau... commenta-t-elle en fouillant les poches de son ami, mais nous n'avons plus le luxe de faire preuve de foi... Ah voilà !

Hélène sortit un document des poches de l'ancien gardien. Une sorte de papyrus écrit dans un français déformé, créole propre au caractère insulaire de la population, toujours enluminé de symboles occultes.

— Il m'avait confié un jour qu'il les gardait toujours sur lui ! Ce sont les instructions pour recalibrer la flèche.

Estelle observa avec attention les lieux et constata la présence de cordes au chevet des deux hommes de cyan et de cuivre. Sans doute avaient-ils tous deux étés ligotés, mais dans quel but ? Les Vaguenuits et l'Écume n'étaient-ils pas supposés être alliés ?

Les instructions de calibrations n'avaient rien de compliqué pour un initié. À l'aise avec les notions de cartographie, Thomas ne mit que quelques minutes à comprendre le rapport immédiat avec la salle du rez-de-chaussée.

— Ok, ce sont des directions qu'on voit, je pense qu'il faut redresser la voile et orienter les souffleries selon les directions données, N270 par exemple, c'est la direction en prenant un angle de 270° par rapport au nord, expliqua-t-il d'un ton professoral.

— Je suis pas mécontente de vous avoir emmené ! lança Hélène avec un sourire malicieux. Je m'occupe de la voile, positionnez-vous chacun à une soufflerie et tournez-les dans la bonne direction !

Le groupe s'employa à la tâche avec entrain, les imposantes souffleries avaient été conçues pour tourner sur elles-mêmes avec facilité malgré leur masse. Aussitôt la chorégraphie exécutée que des bourrasques impressionnantes jaillirent des quatre machines, manquant de les renverser par l'effet de surprise. Puis, ils regagnèrent prestement le rez-de-chaussée pour l'étape suivante.

* * *

La deuxième phase de calibration nécessitait davantage de réflexion, seule une obscure indication était gravée sur la tablette : *« Mistral, Libeccio, Lombarde, Marin, Tramontane ».* Ces noms évoquèrent des vents connus de France, qu'Éric avait appris par son expérience en mer. En revanche, leur agencement dans cette situation demeurait un mystère.

Ils réfléchirent et émirent des hypothèses durant de longues minutes avant que Thomas, accidentellement, ne vienne à marcher sur l'une des dalles qu'il avait examinée plus tôt. Son intuition avait vu juste, les carreaux fléchés étaient en effet des boutons-poussoirs orientant les souffleries dans la direction choisie. La voile dressée réagissait aux vents en faisant tourner le mat à différentes vitesses.

— Vous connaissez la direction de ces vents ? jaillit Thomas avec rapidité.

La réponse fut évidente, le groupe actionna les dalles dans l'ordre. Le Mistral souffle vers le sud, le Libeccio vers l'est, la Lombarde vers l'est, le Marin vers le nord-ouest et la tramontane vers le sud-est. La séquence d'activation fut achevée en l'espace de cinq minutes, provoquant un bruit sourd derrière eux. Un intense tremblement se fit ressentir dans tout le bâtiment, qu'ils faillirent d'ailleurs fuir avant de constater l'ouverture progressive du mur en face d'eux, orienté plein nord. Une porte venait d'apparaître, débouchant sur un escalier descendant dans l'obscurité.

— Y a plus d'instructions sur le papelard... ça veut dire qu'on a fait tout bien ? demanda Thomas, interloqué.

— Je n'ai jamais entendu parler d'un sous-sol ici...

— Votre ami ne savait pas lui ? s'inquiéta Estelle

— Personne n'a jamais eu de mémoire à recalibrer la flèche, toutes les personnes habitant l'île ont débarqué après... ce... n'est pas normal... s'inquiéta Hélène.

— Du coup on s'en va hein ? proposa Aurélie, stressée.

— Éric, votre arme est chargée ? s'empressa de demander la navigatrice.

— Toujours, répondit l'intéressé avec un petit sourire.

— Estelle et Éric vous venez avec moi, Thomas, Aurélie vous restez ici surveiller l'entrée, on devrait être à porter de voix, si c'est pas le cas, on remonte et on se casse d'ici, ordonna Hélène avec autorité.

Les naufragés ne discutèrent pas les ordres et obéirent selon le plan d'Hélène. L'escalier sinueux aboutissait à une plate-forme colonisée par une algue verte visqueuse faisant face à une étendue d'eau agitée. La mer se frayait un chemin sous l'île jusque sous la flèche. Le mat continuait de tourner à un rythme régulier, dans des bruits mécaniques complexes, comme si ses mouvements communiquaient à travers la roche dans une gigantesque machinerie. Mais le son contenait quelque chose de désagréable, quelque chose enraillait le mécanisme, une chose qui produisit un panache cramoisi à la surface, un dépôt de rouille.

— Qu'est-ce qui se passe dans l'eau Hélène ? Hélène ? insista Estelle devant leur guide tétanisée par sa vision.

* * *

Dans la salle du dessus, Aurélie restait toujours contemplative face aux fresques et aux lignes de symboles, mais cette fois-ci, son regard passa de la fascination à une sorte d'angoisse.

— Y a un problème Aurélie ? intervint Thomas, s'apercevant que la jeune femme était comme plongée dans une transe méditative.
— La... la fresque a changé...
— T'es sûre ? T'as peut-être mal vu... je...

35

— Non regarde ! dit-elle en se précipitant pour lui montrer son carnet. Ce dessin était sur le mur quand on est arrivé ici, et regarde à quoi ça ressemble, on dirait une sorte de...

— ... de monstre... compléta Thomas en partageant cette fois son inquiétude.

* * *

Au même moment, un étage plus bas, la surface de l'eau trembla tandis qu'une ombre menaçante, aux nuances pourpres, s'approchait de la surface dans un gargouillement sordide.

— Hélène... qu'est-ce que c'est que cette horreur ! hurla Estelle en s'agrippant à son bras.

La créature émergea en partie, émettant un grognement que le groupe prit pour celui d'un chien malade. Son apparence tenait du monstrueux, une sorte de boule informe, dotée de quatre yeux globuleux, épars, injectés de sang. Dépourvue de mâchoire, elle disposait d'un dard proéminent et de courts tentacules atrophiés qui battaient les flots pour se maintenir à la surface.

Éric n'attendit pas l'instruction d'Hélène pour faire feu de son révolver. Trois coups de feu furent tirés, dont un seul réussit à la toucher, heurtant l'une de ses sphères oculaires. Hurlant de douleur ou de colère, le monstre projeta son dard qui par l'heureuse intervention d'Estelle qui tira de justesse Hélène, ne rencontra que le mur de la pièce.

— Eh ! vociféra Estelle, faites quelque chose là-haut !

Éric continua de faire feu sans parvenir à toucher sa cible, n'offrant qu'un sursis relatif à ses deux camarades. Cherchant entre deux déflagrations à entrevoir une autre issue, il aperçut sur le fond de la salle des sortes de pieux acérés. Les dards continuaient de pleuvoir, jusqu'à ce qu'il soit touché au bras, s'accroupissant sous l'effet du choc. La douleur atroce lui fit déclencher un soupçon d'idée.

— THOMAS ! Plein sud !

— Quoi ? beugla l'intéressé en réponse, penchant la tête au-dessus de l'escalier obscur et sinueux.

La créature, satisfaite d'avoir neutralisé sa victime revêche, s'approchait lentement d'Estelle par de petits clapotis dérangeants, semblables à ceux d'un enfant difforme apprenant à nager. La chose était désormais à portée de tentacules. Projetant son membre autour de la jambe d'Estelle, elle tira de toutes ses forces pour l'amener dans l'eau.

— Les voiles ! Plein sud vite ! répliqua à nouveau le gendarme.

Thomas se précipita sur la dalle sud et la pressa de tout son poids. Les souffleries du premier étage changèrent de direction pour générer un féroce vent de sud. Le mat tourna à pleine vitesse, engendrant un mouvement de convection dans l'eau qui emporta progressivement l'immondice par effet de courant. Celle-ci finit par lâcher prise sur Estelle, avant de s'embrocher sur les pieux du fond. Il y eut un nouveau hurlement, avant que le trio ne décide enfin de profiter de l'occasion pour remonter le maudit escalier.

Parvenus jusqu'en haut, l'arche se referma comme elle s'était ouverte, et Estelle fondit en larme dans les bras de ses deux compagnons restés à l'abri.

— Qu'est-ce qui s'est passé bordel ? hoqueta Thomas, paniqué. Oh mon Dieu ton bras ! réagit-il en voyant la plaie sanguinolente d'Éric, vautré dans un coin de la pièce.

Hélène sembla retrouver ses esprits et se précipita pour examiner la plaie. Sortant d'une poche intérieure un foulard en lin, elle concocta un bandage de fortune pour stopper l'hémorragie.

— Ok pour votre île au milieu de nulle part ! tempêta Estelle en larmes au milieu de la pièce. Ok pour vos fringues, vos rites, tous ces trucs bizarres, mais ça qu'est-ce que c'était ! Hein ? Hélène dites-nous par pitié ! Dites-nous comment sortir de cette île ! On veut rentrer chez nous...

La jeune femme en état de choc s'effondra à genoux sur les dalles de pierre. Aurélie vint la réconforter en tentant de la rassurer, elle aussi réalisait le caractère cauchemardesque de cette expédition, les larmes de sa camarade auraient pu être les siennes. Peut-être leurs proches étaient-ils là, quelque part dans cette île fantasmée, en danger de mort.

Thomas, lui, toisait Hélène avec le peu de contenance qu'il parvenait à mobiliser, déterminé à avoir la réponse aux questions d'Estelle qu'il trouvait légitime. Peut-être qu'une autre approche que les cris sauraient faire parler leur guide.

— Hélène, on a besoin de savoir... on a besoin les uns des autres maintenant sinon on va pas s'en sortir... qu'est-ce que c'était cette chose que vous avez vue en bas ?

La jeune femme tourna la tête, blafarde. Une larme se mêla à la sueur sur sa joue.

— ... c'était... le début de la fin...

Chapitre 3
Le phare d'Occlume

Le groupe ne s'attarda pas plus longtemps dans la Flèche des voiles et chercha l'ombre paisible d'un bosquet pour recouvrer son calme. De longues minutes furent nécessaires à Hélène pour reprendre son expression impassible, cruciale dans le commandement de ce groupe encore dans l'incompréhension face à ces dangers surnaturels.

Tous appréhendaient naturellement la prochaine et, espéraient-ils, dernière étape de leur périple, la centrale du phare d'Occlume. Cette créature entraperçue ne s'avouerait pas vaincue si facilement. Les questions fusèrent quant à la nature du monstre, mais Hélène ne put répondre qu'à la hauteur des légendes qui lui furent contées.

— La relique enfermée dans les tréfonds de l'île se nomme le cœur d'azur, raconta-t-elle, on nous raconte depuis tout petit que le cœur est pourvu d'une pensée, d'une raison. Que l'on veuille s'en servir ou le vénérer, le cœur doit rester enchaîné à l'île. Sans quoi, sa force déchaînée grandira jusqu'à disposer du pouvoir de tout anéantir.

— Et ce monstre, c'est le cœur de l'océan ? rétorqua Aurélie, pendue à ses lèvres.

— Un avatar, oui, déformé par Dieu sait quelles immondices. La Flèche des Corrosions, maintenant la Flèche des Voiles, à chaque nouveau dysfonctionnement le cœur se libère davantage, et son parangon corrompu gagne en taille et en puissance.

— Vos trois autres « Flèches » sont sous bonne garde ? s'empressa de demander Éric.

— Pour l'instant oui, mais le plan de l'écume et des Vaguenuits semble trop chaotique. Pourquoi nous avoir laissé approcher de la Flèche des Voiles et nous avoir laissé l'activer ?

— J'allais le dire, intervint Thomas, qui nous dit qu'en bidouillant cette centrale on ne va pas aggraver les choses ? Enfin je sais pas, cet endroit me fout le cafard, on dirait des édifices religieux, mais tout est organisé mécaniquement comme dans une pyramide d'ancienne civilisation ou un truc du genre...

— Sauf qu'on ne trouve pas de monstre dans les soussols... commenta Estelle.

Le temps et les informations manquaient. De toute évidence les robes de cuivre et de nuit s'étaient alliées dans un stratagème complexe et disposaient de plusieurs longueurs d'avance sur le groupe. Estelle, le visage encore marbré par les larmes de sa crise de panique, eut alors une idée.

— Pourquoi ne pas s'infiltrer chez eux ? Vous avez entendu ce Manorak ? Il nous tendait une perche pour qu'on change de camp. Deux de nous n'ont qu'à feindre de quitter le groupe pour les rejoindre afin de chercher une solution pour rentrer chez nous. Et une fois que nous avons clairement connaissance de leurs intentions, on vous rejoint.

— On voit que tu ne connais pas les manières de ces gens... rétorqua leur guide, un pincement dans la voix.

— Ouais bah moi je suis plus à ça près, commenta Estelle avec cynisme, au pire on vous rejoint, au mieux on rentre chez nous, moi je dis, ça se tente !

Hélène sourit devant l'audace de la jeune femme qui semblait lui évoquer le souvenir d'une personne. Son regard se perdit un moment dans les échos de sa vie passée, avant de revenir aux détails du plan d'Estelle.

— Comment tu comptes leur fausser compagnie ? Je comprends bien le principe, tu vas glaner l'info ça, j'en doute pas, puis ? Tu vas courir à travers leur camp sans idée de la direction à prendre et retomber sur nous au hasard de ta course folle ? Tu crois qu'ils ne sont armés que de bâtons et de robes ? critiqua-t-elle.

— Pas si on convient d'un lieu et d'une heure précise, intervint Thomas. Aurélie, Éric et toi prenez la direction du phare, nous du camp de...

— Oxydus, compléta Hélène.

— Voilà, Oxydus, poursuivit l'ingénieur. À vue de pif, on peut se dire 7h demain matin, derrière ce bosquet, là il est 16h, on a largement le temps de tenter quelque chose.

— C'est pas déconnant... acquiesça Éric.

Devant l'entrain général, Hélène ne put que se résoudre à accepter ce plan qui de toute façon ne souffrait d'aucune concurrence. Si elle nourrissait pour ce carré fraîchement débarqué une empathie d'usage, elle ne pouvait se résoudre à aller systématiquement contre leurs opinions quand leurs esprits enduraient déjà difficilement le choc de la probable perte de leurs proches et le caractère surnaturel de l'endroit. Toujours prisonniers d'un certain déni, outrepasser son plan pour suivre leurs intuitions personnelles lui semblait une idée à suivre, à défaut d'une réelle piste. L'équipée se scinda donc en deux, Estelle et Thomas partirent vers l'est à la rencontre de l'écume cuivrée, tandis qu'Hélène, Éric et Aurélie reprirent leur route en direction du phare d'Occlume.

* * *

Le trio ne fit, étrangement, aucune mauvaise rencontre durant les deux heures de marche qui les séparaient du phare. Néanmoins, ils ne purent que constater le passage de l'écume cuivrée. Çà et là, les prairies jadis verdoyantes se coloraient d'un rouge cramoisi, comme une rosée corruptrice se déposant par touches successives. Plus précisément, la teinte provenait de la nature même du sol. L'effroyable couleur commençait à envahir la partie basse des herbes avant de remonter jusqu'à la pointe. De véritables tapis d'un sang orangé, malade, s'étalaient sous leurs pas.

Le relief lui-même semblait souffrir de la gangrène, la pointe de l'île sur laquelle le phare trônait se délitait, menaçant de choir dans l'océan. Un mouvement rendu visible par de nombreuses fractures saillantes, allant jusqu'à un mètre d'ouverture, sillonnant le plateau comme les escarres sur une peau vieillissante.

— Ce qu'on voit là, ce sont eux ? demanda Aurélie.

— Oui, si vous voyiez leur coin... tout l'est d'Hyd se colore de la même façon, c'est en partie à cause de l'inactivité des Flèches.

— J'ai peur de ne pas comprendre, avoua Éric, encore déboussolé par les explications.

— Je vous ai parlé du cœur, mais pas de la fonction de l'île. Bien sûr qu'on ne connaît quasiment rien de ses secrets, de comment tout fonctionne, mais de ce qu'on nous apprend, c'est qu'Hyd est une prison pour le cœur. L'énergie brassée par le phare et le réseau de Flèches sert aussi bien à étouffer le cœur qu'à rediriger cette force primordiale pour que l'île puisse exister.

— Autrement dit... s'il n'y a plus de cœur... réfléchit Aurélie.

— L'île s'effondre dans l'océan, et, sans vouloir vous mettre la pression, comme vous êtes dessus... et sur un plan différent du vôtre...

— Ouais... plouf quoi... conclut Éric qui regrettait déjà sa question.

* * *

Le phare siégeait fièrement sur son promontoire encore intact. Sa structure circulaire en colimaçon semblait être construite dans le même alliage métallique que la Flèche explorée plus tôt. Toutes les lumières de la tour étaient coupées. Par ailleurs, le soleil fléchissait dangereusement sa course et annonçait la proximité de la nuit. Le ciel irisé de couleurs crépusculaires offrait au groupe un intervalle de temps relativement étroit pour rétablir le fonctionnement du bâtiment.

L'intérieur oscillait entre vide et foutoir généralisé. Tables et chaises étaient renversées, lorsque celles-ci n'avaient pas été décorées de corps gisants, appartenant à chacune des deux factions de l'île, toujours dépourvus de marques de blessures ou de coups. Cette absence de sang avait de quoi les inquiéter davantage que le massacre lui-même. Ce qui pouvait tuer une dizaine de personnes simultanément sans même les toucher pouvait aussi bien revenir d'une seconde à l'autre ; ils pressèrent le pas.

Au dernier étage, les consoles de réglages des lumières et du système électrique émettaient le même grésillement qu'à la Flèche. Aurélie, armée de son carnet, comparait déjà les fresques et symboles avec ceux qu'elle rencontra jusqu'ici.

— Te fatigue pas Aurélie, presque personne ne comprend ces inscriptions... lâcha Hélène, contrariée par la situation.

— Comment peut-on redémarrer ce machin, y a des boutons partout, on comprend rien, pesta le gendarme.

— C'est marqué sur le sol et les murs en fait ! déclara joyeusement Aurélie, faisant un pied de nez à leur guide et son présupposé.

— Mais de quoi tu parles ? s'offusqua Hélène.

— Bon... amorça l'érudite en posant son carnet sur l'un des plans de travail pour illustrer ses explications. Pour déchiffrer un code ou un langage, faut d'abord s'attarder sur les répétitions, et y en a un petit paquet jusqu'ici. Il y a des caractères en séquences très courtes, voire des caractères isolés qu'on pourrait assimiler à des chiffres. Je les ai reportés ici, je pense que c'est un système en base 12 car j'ai 12 caractères dont un qui ressemble fortement à un zéro.

Éric semblait égaré à ses dires, affichant toutefois une mine impressionnée l'esprit vif et efficace de la jeune érudite. Tout comme Hélène, qui cherchait à comprendre la finalité de son exposé.

— Là on a donc une séquence de quatre nombres... 34, 15, 65 et...77 je crois, est-ce qu'il y a un endroit sur le tableau de bord où ces chiffres ont une signification ? tenta-t-elle, espérant que son raisonnement soit juste.

L'attention d'Éric se porta sur le poste de contrôle dont quatre potentiomètres alignés pouvaient être réglés sur des nombres de 1 à 100. Il hésita une seconde puis se décida à les orienter selon la séquence d'Aurélie. Les ampoules du phare s'allumèrent alors provoquant l'exultation du trio face à cette chance qui leur souriait enfin. Néanmoins, la lueur était encore faible, le crépuscule sonnait ses dernières minutes avant la nuit et sans courant pour y voir clair, l'ensemble des installations et villages de l'île seraient vulnérables à des attaques.

Malgré la mise au maximum de tous les niveaux, rien n'eut d'effet sur l'intensité lumineuse. L'hypothèse émise par Hélène fut que les ampoules aient été abîmées par la période d'inactivité. Le trio se pressa de les changer jusqu'à ce qu'un éclat aveuglant ne leur déchire la rétine, le phare était remis en route. En recouvrant progressivement la vue, ils purent admirer le spectacle des dizaines de maisons éclairées à l'horizon. Murme-Crique s'illuminait dans la baie en contrebas, sous l'expression satisfaite du trio. Mais leur joie ne fut que de courte durée.

* * *

Un tremblement fit vibrer la structure, manquant de les renverser. Accrochés les uns les autres sur le promontoire du phare, ils constatèrent avec horreur l'eau de la baie former un vortex d'une dizaine de mètres de large d'où émergea une sphère écaillée aux milles yeux et à la gueule béante.

Un rugissement se fit entendre, perçant l'obscurité, accélérant la chute du soleil qui désormais avait entièrement disparu. Le monstre se dressa hors de l'eau, se hissant à l'aide de deux de ses tentacules, visiblement plus épaisses et longues que lors de leur première rencontre. Ses regards multiples se figèrent sur le trio, hostiles et vengeurs.

— Il fait le double d'il y a deux heures ! s'écria Éric
— Dans le phare ! Vite ! vociféra Hélène.

Se jetant à corps perdu à l'intérieur du bâtiment, ils esquivèrent de peu un coup de tentacule qui frappa violemment l'édifice, faisant chuter d'immenses blocs métalliques dans la baie.

— Me reste qu'un chargeur, et il a 400 yeux le bordel, faut qu'on se casse d'ici ! proposa Éric avec pragmatisme,

— Certainement pas ! répliqua Hélène qui retrouva le courage qui lui manqua la fois dernière, si nous fuyons son attention se reportera sur Murme-Crique, on ne peut pas se le permettre.

— Alors tu proposes quoi au juste ? On lui fait une danse tyrolienne ou une connerie du genre pour le déconcentrer ? rétorqua-t-il avec virulence.

— J'ai peut-être une idée mais je sais pas si ça va marcher... gémit Aurélie.

Un nouveau choc du monstre sur la tour et l'apparition de fissures autour d'eux indiquèrent à Aurélie que l'hésitation était contrindiquée. Elle reprit son explication d'un ton plus paniqué que ce que sa réserve habituelle lui commandait.

— A priori, chaque structure contient de quoi lutter contre le monstre, je sais pas si c'est vrai mais ça a l'air d'avoir un semblant de logique si on en croit les fresques présentes partout. Les pieux de la flèche des voiles et le mécanisme n'étaient pas placés là par hasard... je pense qu'il y a de quoi le contrer avec le phare !

Un nouveau choc retentit, provoquant une ouverture béante dans le dernier palier, le trio se réfugia en courant au troisième étage encore intact.

— La machinerie du phare est trop complexe, à moins que tu aies vu quelque chose d'utile dans les symboles... soupira Hélène.

— Combien y a-t-il d'habitants à Murme-Crique ? demanda Aurélie.

— Environ 200 personnes, répondit instinctivement Hélène ne sachant pas où elle voulait en venir.

— Ça fait 200 bonnes raisons de remonter là-haut et de bidouiller cet engin jusqu'à ce qu'on parvienne à quelque chose ! exulta la jeune femme qui se surprit elle-même à tant de témérité.

Hélène et Éric ne purent qu'acquiescer. Avec fulgurance, ils escaladèrent quatre à quatre les marches vers le sommet du phare pour affronter la créature.

Celle-ci semblait satisfaite de voir réapparaître ses adversaires, ses rangées de dents gouttant d'une épaisse salive marine. Elle reprit sa charge contre la tour. Les chocs à répétition endommageaient gravement les installations, si bien que l'ouvrage commença à basculer. Le monstre cherchait probablement à le faire chuter pour anéantir la seule chose qui pouvait lui porter préjudice, confortant la théorie d'Aurélie.

Le trio se déchaîna sur toutes les commandes, manettes, essaya toutes les combinaisons possibles mais rien n'y faisait. Éric tenta vainement de faire diversion par quelques balles, sans qu'aucune ne touche ou ne fasse reculer la bête.

Les vitres éclataient, les murs se brisaient, le sommet du phare, déjà incliné à une dizaine de degrés, se parsemait de débris. L'escalier menant aux étages inférieurs s'occulta par le malheur d'un rocher. Rien ne pouvait plus les sortir de ce guêpier, ils étaient désormais promis à la mort.

Éric se replia aux côtés d'Aurélie, tous deux blessés indirectement par les morceaux de verre ou de métal qui voletaient. En larmes, ils voyaient s'achever leur vie dans les trois prochaines minutes. Hélène quant à elle fut une nouvelle fois tétanisée face à la créature. Cette dernière changea aussi radicalement d'expression, tandis que les murs s'approchaient du seuil de basculement, grinçant de tous côtés. Le monstre se suréleva davantage, toujours en prenant appui sur le fond marin à l'aide de deux de ses tentacules, pour approcher sa tête de la lumière du phare, à présent à deux mètres à peine du nez d'Hélène.

Tremblante de peur, Aurélie maintint ses yeux fermés, les oreilles bouchées par les mains d'Éric, désireux de lui cacher les effroyables grognements de la chose approchante.

* * *

À la lumière du phare, la créature semblait d'une constitution différente, sa peau s'organisait dans une matière à la fois cristalline et fluide, comme de l'eau claire en suspension ; un liquide discipliné, ordonné, pensant. Ses dents se constituaient de stalactites fins, maintenus gelés par l'énergie de la bête.

Le monstre aurait pu dévorer Hélène en quelques secondes, mais il semblait hésiter, il sentit en elle une puissance familière. Hélène eut alors une pensée, un geste inconsidéré lui venant d'un souvenir lointain.

* * *

Elle se revit petite, tenant par la main sa petite sœur, courant dans les méandres d'un gigantesque complexe religieux sur l'île. Une présence semblait se manifester à elle, une voix d'une nature inconnue. Elle vécut à nouveau les longues sessions en compagnie de la voix, passées à répéter des gestes mystiques avec les mains, à prononcer des mots dans une langue inconnue. Elles semblaient s'amuser toutes deux, mais s'entraînaient en vérité à toute autre chose.

* * *

Les éclats de rire et les échos enfantins se brisèrent à l'aube d'une nouvelle collision avec la bête. Lorsqu'elle sortit de sa transe meditative, la créature changea à nouveau de faciès pour regagner en agressivité. C'est alors qu'Hélène bloqua son coup de tête en effectuant une garde de ses deux bras tout en murmurant une sorte d'incantation inaudible.

Une espèce de disque d'eau se forma le long de ses membres, parant l'attaque du monstre qui fut, contre toute logique, repoussé. Surprise que sa technique venue d'un autre temps ait réussi, elle avança jusqu'au promontoire pour examiner la surface de l'eau en contrebas. Peut-être cette eau pouvait-elle être manipulée ?

Mettant ses mains de chaque côté de son corps à hauteur de ses hanches, elle se mit à les remonter lentement. Elle pouvait sentir tout le poids de la masse marine au-dessus de ses mains, combien de tonnes pouvait-elle soulever ainsi ? Dans une incantation de plus en plus sonore qui se termina en un hurlement libérateur, elle releva les bras jusqu'au-dessus de sa tête, tirant une révérence à la férocité dévastatrice.

Une gigantesque trombe d'eau se leva alors, emportant le monstre avec elle et achevant de déstabiliser le phare. Éric et Hélène échangèrent un ultime regard, l'un estomaqué, l'autre rassurée, avant que l'effondrement ne les rappelle à la réalité. Il y eut un bruit en entraînant un autre, et l'antique lueur de la baie sombra dans celle-ci...

Chapitre 4
La sirène des Vaguenuits

À quelques lieues de la chute du phare, au cœur des Prairies Assoiffées, Thomas et Estelle progressaient en direction d'Oxydus. Curieusement, la route ne fut pas parsemée de mauvaises rencontres comme ils s'y étaient préparés. Au contraire, largement dégagée, la région offrait un horizon tranquille permettant d'apprécier ses paysages si particuliers.

Les Prairies Assoiffées servaient de lieu de pâture aux élevages du bourg voisin, Falbourg, qui siégeait au sommet de falaises escarpées. Chaque année, la mer en grignotait quelques mètres, obligeant les habitants à déplacer leurs maisons plus au sud. Le duo ne fit que longer la zone sans se faire voir des habitants.

Il ne leur fallut qu'une heure pour se rendre en bordure de la presqu'île où un bras de mer les attendait. La presqu'île d'Oxydus demeurait séparée du socle d'Hyd par un bras de mer comblé progressivement par les dépôts de sédiments. De l'autre côté, une terre stérile couleur rouille s'étalait à perte de vue. Hélène leur raconta plus tôt dans la journée comment les rites de l'écume engendrèrent ce désastre écologique.

Lors du schisme, les membres de l'écume cuivrée entamèrent une cérémonie dévastatrice à l'embouchure de l'unique fleuve de l'île, la Veine. Le riche gisement de fer aggloméré sous l'île se mêla aux eaux pour précipiter sur toute la partie est en une rouille corrosive animée par une étrange énergie. Plus qu'un simple dépôt d'oxyde de fer, il s'agissait là d'une nappe intelligente, corruptrice, qui progressait de jour en jour. L'oxyde se glissait en chaque plante, en chaque brin d'herbe, jusqu'à imprimer le sable et les rochers d'une teinte rose pâle, primaire. En s'enfonçant dans ce décor improbable, Estelle et Thomas eurent comme l'impression de fouler le sol d'une autre planète.

Cette vision singulière provoqua chez eux une certaine sidération tandis qu'ils se dissimulèrent derrière les restes de végétation.

Car le caractère paisible des prairies disparut rapidement au profit d'une agitation bruyante et guerrière. De nombreux campements s'établissaient parmi la broussaille orangée, aux allures de baraquements militaires. Des tentes de toutes formes, arborant les habituels symboles locaux, ponctuaient la presqu'île jusqu'à l'horizon. Ils en distinguaient deux teintes, des marrons et des bleu nuit, couvertes respectivement des armoiries de l'Écume Cuivrée, et de celles des Vaguenuits.

Néanmoins, la collaboration entre les deux factions ne donnait pas l'air d'une relation fusionnelle. La stricte séparation des bâtiments donnait davantage l'impression d'une assistance mutuelle. En y regardant plus prêt, Thomas eut le loisir de contempler l'un des Vaguenuits beugler des ordres à un groupe d'écumeurs.

— J'ai l'impression que les tauliers ce sont les mecs en bleu... chuchota Thomas.

— Ils ont pourtant l'air beaucoup moins costauds que les gars du coin, regarde, ils ont que la peau sur les os...

— Je pense que c'est parce qu'on voit pas leurs visages, les capuches c'est flippant ! rétorqua-t-il, confiant dans son argument.

Un léger clic se fit entendre derrière eux. Se retournant, les deux jeunes gens purent voir le chien armé d'une espingole pointée sur la tête de Thomas. Ils reconnurent Manorak, dont la discrétion avait été redoutable.

— Tauliers ou pas, ça m'empêchera pas d'vous mettre une pastèque, p'tites saloperies ! asséna-t-il, triomphal.

Thomas ferma les yeux de toutes ses forces, s'attendant à mourir dans la seconde sous le feu de la déflagration. Jusqu'à ce qu'Estelle ne surgisse pour interrompre l'exécution.

— Attendez ! On n'est pas venu vous espionner ! On s'est barré du groupe, nous tout ce qu'on veut c'est rentrer chez nous ok ? Et vous aviez dit que vous saviez comment !

— Bien sûr, alors aux portes de la mort ça y est on n'est plus des espions mais des traîtres... moqua Manorak. Vous me prenez pour un jambon ? Et puis j'ai dit que c'est avec nous que vous auriez les meilleures chances de trouver un moyen... pas que c'était acté... y a encore un peu de taf.

— Justement ! On vient de ce monde-là, on peut vous aider ! Je suis persuadé qu'il y a moyen de s'entendre, renchérit Thomas.

— Vous gueulez comme des piafs c'pas vrai ça... je vais vous emmener à notre chef, tirer tout ça au clair, elle saura quoi faire. Toi le courtaud, tu passes devant, et toi aussi la pignoufe, ce sera plus loin sur la gauche.

Tout aussi sévère que fier de lui, Manorak suivait le duo d'un pas chaloupé, défilant littéralement au milieu des allées. Estelle et Thomas avançaient penauds vers leur objectif, feignant d'être accablés par leur sort. La plupart des hommes les dévisageaient avec amusement, les raillant à leur passage.

— Des continentaux ! Peste soit la Dame Cyan ! s'écria l'un des leurs en crachant au sol.

— Belle prise Manorak, tu ramènes plus de vermines que de poissons ! commenta un autre écumeur.

Ce véritable chemin de la honte les conduisit jusqu'à ladite Flèche des Corrosions, l'un des cinq sceaux protecteurs de ce cœur d'Azur dont Hélène leur avait longuement parlé.

Contrairement à son homologue qu'ils visitèrent plus tôt, le bâtiment tombait en ruine, rongé par la rouille qui grouillait littéralement sur les murs, produisant un cliquetis métallique, à la manière de millions d'insectes minuscules dévoreurs de pierre.

De nombreux cercles et symboles jonchaient le sol, dessinés avec une encre surnaturelle. Estelle pensa un moment qu'il aurait été préférable d'amener Aurélie, qui se serait davantage plu à déchiffrer ce charabia ésotérique. Les écumeurs présents étaient encadrés par deux Vaguenuits aux vêtements beaucoup plus élaborés que le reste de leur ordre. Leurs épaulières se fardaient de renfoncements, de pics et de galons aux dorures fines. Leurs robes présentaient des coutures plus épaisses et de nombreux renforts de cuir sombre. Un équipement qu'ils complétaient de bâtons d'armes lourds, terminés à leur pointe par un cristal massif et noir.

Ils semblaient au cœur de préparatifs d'une cérémonie obscure, ne prêtant nullement attention à Manorak et ses prisonniers. Sur les restes de ce qui fut la salle principale trônait une femme au teint blafard et aux cheveux blonds. Ses yeux d'un marron orangé scrutaient l'avancement des tracés avant de se figer sur la prise de son subalterne. Sa tenue découvrait ses épaules et une partie de son dos, consistant en une robe fine cousue d'étoffes de lin ocre, échancrée de toutes parts. Aucun écumeur n'osait la contempler ne serait-ce qu'une seconde. Thomas devina à sa prestance et sa presque nudité qu'un grand pouvoir devait émaner d'elle pour asseoir aussi naturellement une autorité.

— Matriarche, je vous amène ces prisonniers ! Ils disent venir du continent et chercher un moyen de rentrer chez eux. Mais je les ai pris en flagrant délit d'espionnage prêt du guet.

— Manorak, j'ai autre chose à faire qu'écouter tes tirades pour des intrus de... cette trempe, répondit-elle avec dédain en grimaçant à l'inspection de Thomas.

— On était avec votre sœur... je crois que c'est votre sœur ! Hélène c'est bien ça ? rétorqua Estelle, cherchant à provoquer une réaction salvatrice.

Les yeux de la matriarche s'illuminèrent d'un flash orangé. Celle-ci leva le bras en direction d'Estelle d'où jaillit un jet de vapeur brûlante. Touchée au visage, Estelle s'écroula en position fœtale, gémissante de douleur. Thomas et Manorak l'observèrent de deux émotions opposées, l'un terrorisé, l'autre fasciné, souriant avec malveillance.

— Vous parlerez quand on vous demandera de l'ouvrir, c'est clair ? vociféra-t-elle. Hélène est bien ma sœur, reprit-elle sur un ton plus calme. Toi le nabot, dis-moi d'où vous venez et ce que vous faisiez avec ?

Thomas regarda le visage rougi d'Estelle avec compassion, ravalant sa salive avant de répondre, de peur de subir le même sort.

— Matriarche... commença-t-il poliment, nous venons de Brest, une ville de notre monde, nous avons... essuyé une tempête qui nous a conduits ici... Hélène nous a secourus et amener sur cette île.

— Combien étiez-vous avec elle ?

Son intérêt trouvé rassura Thomas qui poursuivit son récit avec une pincée de décontraction supplémentaire.

— Quatre, on était quatre... puis on a croisé Manorak dans l'après-midi, qui nous a dit que vous connaissiez un moyen de rentrer chez nous... C'est tout ce qu'on demande madame, peu importe le prix... on ne veut pas vous nuire... ou vous déranger dans vos activités...

La matriarche réhaussa les sourcils avant de rire aux éclats, visiblement peu enclin à considérer ces deux venus comme une menace sérieuse.

— Me nuire... allons bon, vous êtes drôles. Je suppose que ma sœur vous a tenu un discours particulièrement mensonger à notre propos n'est-ce pas ? répondez, allez-y soyez franc.

— Elle dit que vous corrompez cette île, que vous cherchez à la détruire et que vous œuvrez à la ruine du monde, je pense qu'on peut pas faire plus noir portrait...

— Du Hélène tout craché quoi... j'aurais pu tuer cette chienne tout à l'heure matriarche, surgit Manorak en mimant un étranglement avec ses mains.

— Surveille ton langage quand tu parles de tes souveraines, imbécile ! lança-t-elle avec virulence. Vous n'avez eu qu'une version détournée de la vérité et c'est bien normal. Je m'en vais vous en livrer une autre. M'accompagneriez-vous sur la grève pour une balade ?

— Avec plaisir madame, rougit Thomas, visiblement troublé par le charme dévastateur de son regard d'or.

Estelle se remit progressivement de sa brûlure qui fort heureusement s'arrêta au degré superficiel. Thomas l'aida à se relever avant d'emboîter le pas de la matriarche, qui les guida jusqu'à la plage la plus à l'est de l'île, où aucun écumeur ou membre des Vaguenuits ne pourraient plus les entendre.

* * *

La grève constituait un paysage exotique en apparence impossible à observer ailleurs sur la planète. La rouille se mêlait à l'eau pour la colorer en un rouge cramoisi, une véritable marée écarlate battait les rocs calcaires éventrés par les vagues. Le soleil se couchait lentement, baignant la plage d'une lumière rose aux reflets violacés. La dirigeante des écumeurs fixait le large avec une pointe de mélancolie, sa chevelure blonde voletant dans les airs. Estelle et Thomas demeuraient pendus à son discours, rassurés par cette période probatoire qui leur était offerte, mais incertains quant aux véritables enjeux ayant cours sur cette île de malheur qui changeait leur vie à chaque heure passant.

— Je me nomme Sélène, commençons par-là. L'île sur laquelle vous vous trouvez est un sanctuaire situé sur un plan parallèle au vôtre, voué à la protection d'une relique appelé Cœur d'Azur, mais ça vous le savez déjà n'est-ce pas ?

— Hélène nous en a parlé... acquiesça timidement Estelle.

— Bien... voyez-vous le Cœur d'Azur commande tout ou partie de l'énergie élémentaire de l'eau, des quelques litres en chaque être humain aux grandes étendues des océans, à travers ses trois états, solide, liquide, gazeux. Imaginez le potentiel colossal de cet instrument...

Elle marqua un temps solennel, comme pour se figurer à elle-même la grandeur de son objectif et du pouvoir qui l'animait.

— Nous ne connaissons pas la nature exacte de cet artefact, ni son origine, la seule chose que nous savons, tout comme vous, est qu'il est impossible de quitter l'île par les voies naturelles. Nombreux furent les naufragés arrivés tous les ans, et si au départ nous prîmes comme un privilège de servir les sanctuaires et de conserver les Flèches intactes, certains d'entre nous ne purent que constater une évidence... nous ne sommes que les prisonniers de ces terres éthérées... des esclaves bons à maintenir en place un système dont les réels bienfaits restent inconnus...

Estelle et Thomas échangèrent un regard troublé, il y avait du sens dans ce que confiait Sélène.

— Les germes du schisme ne datent pas d'hier ! Mais lorsque les Vaguenuits ont commencé à débarquer il y a de cela trois ans, nous avons décidé d'utiliser leur savoir et leur influence pour nous libérer.

— Pardonnez-moi Matriarche, Sélène, intervint Estelle avec prudence, ces Vaguenuits semblent ne pas être de la même... nature que vous ? Comment sont-ils venus et pourquoi ?

— C'est une question très pertinente jeune fille... navré de vous avoir ébouillanté tout à l'heure... le sujet de ma sœur est, disons, délicat... Les Vaguenuits sont des alliés de circonstances, ils nous aident à briser les protections du sanctuaire pour atteindre le Cœur d'Azur et rejoindre la réalité. Nous ne savons pas grand-chose d'eux à part qu'ils utilisent une magie puissante... à la fois similaire à la nôtre dans son fonctionnement et opposée de par sa nature...

— Alors toute cette rouille étrange et la destruction des Flèches, c'est leur faute ? demanda Thomas avec dégoût.

— Sans compter le monstre qu'on a vu à la Flèche des Voiles, renchérit Estelle qui prononça le mot de trop sous l'expression atterrée de son complice.

— Le monstre ? La Flèche des Voiles, de... de quoi parlez-vous ?

— Juste avant de venir à votre rencontre, Hélène voulait réparer la Flèche des Voiles, ce qu'on a je crois réussi à faire, mais dans le sous-sol il y avait une espèce de monstre marin avec plein d'yeux et des tentacules...

L'impassibilité de Sélène se mut en une certaine stupeur tirant sur l'effroi.

— L'important est que nous ramenions rapidement le cœur pour ouvrir un portail vers la réalité, le reste n'est qu'un dommage collatéral, se rassura-t-elle. Cette île n'existe pas réellement, vous comprenez...

— Sauf votre respect, vous semblez confiante dans votre capacité à trouver et surtout à utiliser cette relique, qu'est-ce qui vous dit que ça marchera ? questionna Thomas, déterminé à démêler les fils de cette gigantesque toile.

— La magie, chers visiteurs, ne peut être maniée par des mains humaines... tout du moins, pas par des gens tout à fait ordinaires... Hélène et moi, sommes unies par un lien très spécial... nous seules disposons du don de contrôler une partie du pouvoir du Cœur.

Sélène se tourna vers le sud, pointant un archipel jonché de ruines multiples, dévorées par le sel et les algues. Une modeste montagne de rocs et de pierres diverses.

— Les anciens de l'île disaient du Cœur qu'il disposait de deux faces, la Dame Cyan, noble et protectrice, et le Prince Rouillé, ambitieux et conquérant. Ma sœur et moi sommes nées sur cette île, et chargées par les anciens d'incarner ces deux êtres... Les ruines que vous pouvez voir à l'horizon sont tout ce qu'il reste du temple du Pince Rouillé, soit l'une des deux parties du sanctuaire retenant le cœur.

— Vous avez détruit tout votre héritage ? trembla Thomas.

— Si j'en avais la charge, je pouvais bien en faire ce que bon me semblait n'est-ce pas ? Néanmoins ce fut une mauvaise pioche, le Cœur est retenu dans le sanctuaire jumeau de la Dame Cyan... dont cette pimbêche d'Hélène a la garde.

L'agitation redoubla dans le campement. La tombée de la nuit fut propice à de grands mouvements de troupes qui formèrent bientôt plusieurs colonnes armées de torches. Écumeurs et Vaguenuits s'assemblèrent en une armée compacte et déterminée, entamant une marche nocturne en direction du sud.

— Qu'est-ce qui se passe ? s'inquiéta Estelle

— Et bien, l'heure de l'assaut est proche, nos troupes attaqueront le Val Turquoise à l'aube, se fraieront un chemin jusqu'au sanctuaire, et arracheront le Cœur à cette île avant que le soleil ne se couche.

— Mais...

— N'ayez crainte jeunes visiteurs, vous rentrerez bientôt chez vous... bientôt, nous rentrerons tous... chez nous...

Les cors de bataille résonnèrent dans la nuit, écorchant les âmes de tous les dormeurs trop confiants. Aux quatre coins de l'île, les villageois se réveillèrent en sursaut, terrorisés par cette maladie qui faute d'os à ronger, s'était remise en marche.

Chapitre 5
L'assaut du Val Turquoise

Sur la rive ouest de l'île, à l'opposé d'Oxydus et de ses paysages dévastés, trois corps se relevaient difficilement d'une nuit mouvementée. Effarés d'être encore en vie, ils reprenaient lentement connaissance de leurs muscles, essayant chacune de leurs articulations pour repérer d'éventuelles plaies ou fractures. Relativement indemnes à l'exception de quelques contusions, ils secouèrent leurs habits trempés dans l'espoir de se débarrasser du sable blanc farouchement cramponné.

Le sel marin avait favorisé la cicatrisation de leurs peaux chahutées ou tout du moins, les avait préservées de l'infection. Leurs esprits errants retrouvaient progressivement consciences des évènements de la veille, sonnés.

— Où est-ce qu'on est ? Qu'est-ce qui s'est passé ? Hélène ? Éric ? gémit Aurélie qui cherchait du regard les silhouettes de ses compagnons.

— Ici ! s'écria Hélène qui aidait le gendarme à se relever, on doit être sur la rive ouest, sur le rivage des marées tremblantes.

— Encore sur ce foutu caillou ! râla le Éric, qui pensait s'éveiller enfin de ce cauchemar.

— On a de la chance de se retrouver ici, commenta Hélène, avec Murme-Crique il s'agit de la seule zone n'étant pas bordée de falaises et de rochers.

— Comment on peut être encore en vie ? Le monstre est parti ? interrogea l'érudite.

— Hélène a fait fuir le monstre avec de... bordel je pensais pas dire ça un jour, avec de la magie... souffla Éric, sonné. Elle a contrôlé l'eau de la baie pour le chasser... un truc de malade... puis après j'ai aucun souvenir. Le phare s'est cassé la gueule ?

— J'ai réussi à manipuler le flot des vagues pour former une sphère répulsive autour de nous, ça nous a protégés des débris... mais après je me suis évanouie et on a dérivé tout le reste de la nuit, narra la navigatrice.

— Vous pouviez pas nous dire plus tôt que vous étiez magicienne et nous faire une petite démo ? On vous aurait crue sur parole après ça... Enfin merci, pardon... vous nous avez sauvé la vie... sourit-il, gêné.

— Je ne pensais pas que j'en étais capable, c'est la première fois et à vrai dire je ne me sentais pas réellement moi-même...

— Tous les habitants disposent de ces capacités ? demanda Aurélie.

— Hmm, seulement deux... rougit l'intéressée.

— Votre sœur et vous je suppose ? déduisit Éric.

Hélène acquiesça avec une certaine honte clairement affichée. Remontant la plage pour rejoindre le village du Val Turquoise, elle ne put cette fois se soustraire à la confidence. Les temps devenaient trop graves et commandaient à davantage de transparence. Ce qui autrefois constituait des secrets et des légendes convergeait récemment vers une vérité ineffable.

* * *

Sans se répandre en longues litanies, elle partagea avec l'équipée réduite quelques fragments de son passé. Petites, Sélène et elles furent entraînées dans les profondeurs du temple par les sages de l'île aujourd'hui disparus appelés les « Vénérables ». Pour tout souvenir, une voix, qui leur apprit le maniement de l'eau et les arcanes du Cœur d'Azur. Bien que bénéficiant du statut d'élues, elles ne furent que les instruments d'une force supérieure, sans jamais être mises au parfum des réels tenants de leur mission. Protéger l'île, veiller sur le Cœur et les mécanismes le défendant, voilà ce à quoi elles avaient été formées ou pour certains, réduites.

À l'âge adulte, ces responsabilités vides de sens conduisirent Hélène à se détourner de cette voie. De longues sorties en mer à bord de son catamaran et une vie de solitude quelques fois partagée avec ses amis de Murme-Crique lui convenaient tout à fait.

Loin de cette idylle maritime, Sélène vécu cette mission imposée et incontournable comme un profond traumatisme. Au contraire d'Hélène, sa sœur se sentait investie d'un destin hors du commun, et désirait plus que tout faire ses preuves. L'île devint progressivement une prison à ses yeux, une geôle pour ses talents.

Plus que tout, elle pratiqua les arcanes de l'eau, jusqu'à devenir une sorcière particulièrement accomplie. Hélène cita au duo de Brestois comment, à l'âge de vingt ans, elle s'amusa à faire déferler un raz-de-marée d'une trentaine de mètres de haut sur Falbourg, stoppé in extremis par les falaises. Ou encore ses autres tests, à ébouillanter un troupeau de moutons en faisant s'évaporer le sang de leur corps. Éric et Aurélie grimacèrent de dégoût à chaque nouvelle anecdote.

* * *

Le récit s'interrompit lorsque le Val-Turquoise fut atteint. Véritable capitale en comparaison de ses trois homologues que furent Murme-Crique, Falbourg et Oxydus, le Val-Turquoise offrait une myriade d'habitations de bois clair, fardées de voilures cyan et de monolithes incrustés de runes. Sans carnet pour retranscrire sa vision, Aurélie se résolut à retenir un maximum d'informations de tête, se retranchant dans le mutisme nécessaire pour conserver sa concentration.

La place centrale du village était occupée par un grand marché où les habitants venus des quatre coins de l'île troquaient poissons, bois, tissus et bétail. La profusion d'odeurs vives acheva de les réveiller. Ce marasme olfactif semblait encore plus puissant que celui qu'ils ressentirent la veille à leur arrivée. Passant relativement inaperçu en recouvrant son visage de sa capuche, Hélène ne manquait toutefois pas d'attirer les regards des curieux.

Le trio rencontra au gré de sa marche le lit de la Veine, le fameux fleuve de l'île d'Hyd, d'une pureté sans égale, nécessaire pour ce qui constituait l'unique source d'eau douce de la région. Comme Vik le mentionna plus tôt, le Val Turquoise demeurait le fournisseur d'eau potable pour les villages voisins, Oxydus compris. La clarté miroitante de cette large rivière ébahit les continentaux, habitués des cours d'eau pollués par les industries et l'activité humaine.

Le groupe réduit pressa le pas. Le soleil hivernal, déjà bien haut dans le ciel, leur indiquait que l'heure du rendez-vous avec Estelle et Thomas était dépassée. Trop marqués par les évènements de la veille, leurs esprits s'éveillèrent peu à peu à cette problématique, qui fit germer chez eux une inquiétude grandissante. Ils espéraient plus que tout que le demi-groupe ait été plus chanceux dans leur quête de réponses.

Alors que le Val fourmillait d'activité dans une relative insouciance, un éclaireur se présenta aux portes de la ville, courant et hurlant dans chaque rue, jusqu'au marché.

— Les écumeurs attaquent ! Les écumeurs attaquent !

Si au départ personne n'y prêta attention, tous se turent à la vision de l'homme défiguré, parcouru de brûlures et de coupures sanguinolentes.

— Les Flèches du Bois... et des Cordes sont... tombées... ils viennent pour le sanctuaire... ils... sont... trop forts... marmonna-t-il en s'effondrant, mort, au milieu de la place.

Un vent de panique s'empara des habitants, qui vidèrent en quelques secondes les rues pavées de granite pour se barricader dans leurs maisons.

***

Quelques heures plus tôt, dans les derniers éclats d'une lune déclinante, les forces jointes de l'Écume Cuivrée et des Vaguenuits progressaient avec fracas dans le Bois aux Rosées. La Flèche du Bois n'offrit que peu de résistance. Cette structure aux antiques engrenages sculptés dans le tronc d'arbres centenaires fut anéantie en une heure à peine par les bombes incendiaires lancées par les écumeurs.

Sitôt le feu déclaré que tout effet de surprise fut perdu. Falbourg et Murme-Crique ne tardèrent pas à réagir, envoyant l'intégralité de leurs maigres troupes à la défense du bois, devinant que le prochain objectif serait la Flèche des Cordes plus à l'ouest. Toutes proportions gardées, l'armée de l'ordre du Crochet d'Argent se composait d'une cinquantaine d'hommes tout au plus, fardés de lames mal entretenues et peu formés aux manœuvres d'escarmouches. Face à la motivation des écumeurs, entraînés par la discipline des Vaguenuits, ils n'avaient aucune chance.

Vik supervisa la construction de barricades au centre du bois, censée couvrir un linéaire suffisant.

— Vik ! Nous devrions poursuivre la barricade le long du val, suggéra le général des forces du Crochet.

— Et disperser nos troupes ? Croyez-moi petit, ils voudront d'abord prendre la flèche, assura-t-il. Nous devons offrir le maximum de résistance ici.

La modeste escouade guetta l'obscurité des sous-bois à travers un réseau de torches plantées dans le sol. L'ennemi ne tarderait pas à surgir. Là, deux formations compactes d'une dizaine d'écumeurs aux robes orangées se présentèrent à quelques dizaines de mètres de la barricade, stoppant sa marche, toisant la résistance attristée par le caractère fratricide de la lutte à venir.

— Messieurs ! Tenez vos positions jusqu'à l'aube ! tempêta le général. Ne cédez pas le moindre mètre à nos ennemis ! Protégez l'île ! Pour le cœur d'Azur !

— Pour le cœur ! entonnèrent les hommes de la milice.

La résistance chargea, optant pour une agressivité peu judicieuse. Les rangs de l'écume dégainèrent leurs armes dans une chorale d'aciers. En leur sein, Sélène se dégagea, suivie d'Estelle et Thomas, contraints de la suivre, les mains liées. Si elle manquait de confiance en eux, elle désirait les voir à ses côtés, leur faire étalage de ses capacités, qu'ils soient témoins de la chute de l'île et du bien-fondé de leur cause.

— Voyez comme la violence les étreints mes jeunes amis ! s'écria-t-elle en adressant à ses captifs un sourire en coin.

73

Fermant les yeux et brandissant les mains face à la vingtaine d'hommes chargeant en sa direction, Sélène prononça une incantation sur un ton autoritaire avant de refermer ses poings violemment en ouvrant les yeux. Les hommes s'effondrèrent alors, épris de terribles maux de tête et de ventre, se contorsionnant sous l'effet d'un sortilège discret mais redoutable.

— Avançons...

— Qu'est-ce que vous leur avez fait... ? s'inquiéta Thomas

— Un simple abaissement de température, j'ai refroidi l'eau de leurs corps... ils s'en remettront...

La conquête de la Flèche des Cordes se déroulait sans accroc. Les écumeurs n'essuyèrent que peu de pertes, causées pour l'essentiel par les pièges habiles des forces de Murme-Crique, qui lancèrent des filets et des harpons sur les attaquants ayant le malheur de quitter leur formation par excès de confiance. Les projectiles enflammés lancés par les troupes d'Oxydus vinrent rapidement à bout des barricades et autres protections du bâtiment. La résistance ne put essuyer plus longtemps les tirs et dût se résoudre à une retraite dans la Flèche. Contrairement à feu sa consœur de bois, la Flèche des Cordes s'élevait dans le même alliage exotique que celle des voiles ou le phare d'Occlume, offrant une bien meilleure protection.

Au corps à corps, la constitution massive et la brutalité du Crochet D'argent changèrent pour un temps le cours de la bataille. Le conflit s'enlisa rapidement sans que Sélène pût intervenir. En effet, Estelle et Thomas ne purent que constater l'impossibilité pour cette pratiquante occulte de canaliser un sort avec précision. À chaque fois, il lui fallait un champ de vision dégagé et des cibles clairement isolées. Ainsi, la configuration frontale du champ de bataille ne lui permettait pas d'agir sans toucher ses propres hommes. Bien que Sélène fût vivement contrariée par ce contretemps, ses jeunes captifs ne purent qu'apprécier ce trait révélateur d'une humanité manifeste.

— Qu'est-ce que foutent les Vaguenuits ? Si ça continue comme ça, on devra se retirer ! pesta-t-elle en s'adressant à son lieutenant Manorak.

— Aucune idée ! Ils nous ont faussé compagnie après la Flèche du Bois ! Satanés continentaux ! répondit-il.

Le devenir des Vaguenuits ne tarda pas à être connu de tous. Alors que l'aube vint à poindre, éclaircissant la désolation sur ces hectares de forêt à présent calcinés, une rangée de sectateurs vêtus de robes sombres se manifesta sous le regard fatigué des deux autres belligérants.

Les Vaguenuits retirèrent dans un geste synchrone leurs épaisses capuches qui jusqu'ici recouvraient totalement leurs visages. L'horreur s'empara des deux camps. Les traits de ces êtres n'avaient plus rien d'humain. Leurs yeux demeuraient investis d'une lueur malsaine, fulminant d'un indigo tourmenté. Leurs joues creusées mettaient en évidence leurs silhouettes presque cadavériques. De multiples appendices, ressemblant aux prémices de tentacules, dégoulinaient de leurs joues à la manière de barbes immondes.

L'un des leurs s'avança d'un pas cérémonieux, faisant léviter au-dessus de sa tête ce qui semblait être des sortes de cristaux, auréolés d'une aura de la même teinte bleutée. Thomas y vit une similarité avec les bâtons aperçus plus tôt près de la Flèche des Corrosions.

— Amis de l'eau, égarés que vous êtes dans le sillage de ses enseignements, l'heure est venue pour vous d'assister au couronnement de l'Ombre.

— Qu'est-ce que ça signifie ? hurla Sélène avec appréhension.

— Votre fin... se contenta de répondre la créature.

Les Vaguenuits firent alors l'usage d'une terrible magie. Canalisant des pouvoirs jusqu'ici inconnus des peuples locaux, ils déchaînèrent des éclairs irisés de noir et d'indigo sur l'ensemble des protagonistes sans exception.

Succombant un à un sous les sorts dévastateurs de l'ennemi, les habits de cyan et de rouille se réfugièrent sous la protection de Sélène qui créa un dôme d'eau pour les protéger.

— C'tait pas supposé être vos p'tits potes ? s'écria Vik, se tenant le flanc, blessé par un éclair.

— Je... tiendrai pas très longtemps... gémit Sélène.

— Il est pas trop tard pour des excuses ma grande ! répliqua Vik

— Des excuses ! Et puis quoi encore mon gros ! C'est grâce à nous que vous êtes en vie ! rétorqua Manorak, lui aussi blessé.

Le dôme peinait à se stabiliser sous les frappes multiples des éclairs et des sphères d'Ombre projetées par les Vaguenuits. Thomas remarqua qu'aux endroits des frappes, l'eau changeait d'état, s'évaporant ou se solidifiant, poussant Sélène à puiser profondément dans la terre pour renouveler le fluide protecteur.

— Cette espèce de magie qu'ils utilisent, cela provoque des échanges d'énergie sous forme de chaleur avec votre dôme ! On dirait qu'ils peuvent en quelque sorte arracher de la chaleur ou au contraire en apporter...

— Merci de nous rappeler ce qui est évident, banane ! protesta Manorak

— Non mais attendez ! Sélène, est-ce que vous pouvez refroidir ce dôme ? Le changer en glace ? continua Thomas.

— Pourquoi elle ferait ça l'anchois ? s'interrogea Vik.

— Si leurs pouvoirs sont basés sur des échanges d'énergie, alors plus le dôme sera froid, moins leurs capacités seront efficaces, mais ça reste une théorie, soupira l'ingénieur.

— On... n'aura... pas le temps de vérifier ça... je ne peux plus tenir... gémit Sélène en mettant un genou à terre.

La poignée de survivants échangea des regards troublés, impuissants face aux sectateurs qui à présent quittaient leurs positions pour s'avancer triomphalement vers la Flèche des Cordes à l'arrière du dôme. Un profond sentiment de honte étreignit ces hommes qui s'étaient tant entretués qu'ils en ignorèrent le véritable ennemi.

— J'ai une idée, je vais faire s'évaporer le dôme d'un coup, ça générera un voile assez opaque pour nous permettre de fuir, il faut prévenir le Val... Trouvez...ma... sœur...

Tous acquiescèrent faute de mieux. L'instabilité du dôme permit à un éclair de le traverser, foudroyant Manorak qui tomba inanimé. Vik le porta à bout de bras, se préparant à fuir. Tous se rapprochèrent du sol, s'apprêtant à courir d'une seconde à l'autre.

Sélène puisa dans ses forces pour générer la chaleur nécessaire à l'évaporation instantanée du dôme. L'énergie qu'elle canalisait la brûlait de l'intérieur. Prise de tremblements, seules sa confiance brisée et son immense colère la maintenaient en vie.

Un étrange son d'explosion retentit, expulsant un nuage de vapeur d'eau à une température extrême. Le brouillard ébouillanta une partie des Vaguenuits et gêna considérablement le reste de leurs troupes, permettant aux survivants de s'échapper vers le Val. Tous s'élancèrent paniqués, boitant pour beaucoup d'entre eux.

— Thomas qu'est-ce que tu fais ! Grouille ! cria Estelle apeurée.

Thomas resta figé un moment devant le corps inerte de Sélène avant que les éclairs ombragés ne reprennent leurs crépitements, frappant à l'aveugle. Dans un élan de pitié, il tenta vainement de porter son corps, se mouvant avec difficulté.

Estelle, bien que moins enclin à la secourir, ne pouvait se résoudre à laisser Thomas seul. Elle le rejoignit au pas de course et l'assista dans sa charge. Jetant un regard médusé derrière elle, elle vit la flèche des cordes s'effondrer dans un vacarme assourdissant. La poussière se joignit à la vapeur dans un cumulus de désastre nimbé des foudres éthérés, un orage de magie noire s'abattait sur toute la zone.

* * *

La vague de réfugiés encore meurtris ne tarda pas à rejoindre le Val Turquoise. Le premier arrivé s'écroula ainsi au milieu de la place du marché après avoir déclenché un vent de panique.

Hélène, Aurélie et Éric, à proximité des portes de la ville, ne purent qu'assister au spectacle des arrivées successives. Dévastés, victimes de blessures physiques ou magiques, les déserteurs puisèrent dans leurs ultimes ressources pour rejoindre leur dernier bastion. Les habitants du Val écarquillèrent les yeux devant la venue d'écumeurs blessés, qui bien souvent claudiquaient en prenant appui sur leurs anciens ennemis.

Pour conclure ce défilé macabre, Thomas et Estelle, Sélène évanouie dans leurs bras. Aurélie et Éric coururent à leur rencontre, soulagés de les savoir en vie. Hélène resta comme pétrifiée par le flot d'émotions contradictoires qui la subjuguait.

— Qu'est-ce qui vous est arrivé ? déclara Éric, inspectant les blessures multiples de ses camarades.

— Vous qu'est-ce qui vous est arrivé ! répondit Estelle en pointant les plaies d'Éric.

— Qui est-elle ? demanda Aurélie. Est-ce que c'est...

— Ma sœur, oui... jaillit Hélène qui venait de les rejoindre sans qu'ils s'en aperçoivent.

Hélène l'allongea sur le sol rocailleux, avec une délicatesse toute relative, et lui prit les mains, ce qui la réveilla presque aussitôt. La jeune femme blonde à la robe orangée eut un regard amusé en découvrant sa sœur et le groupe de fortune qui l'accompagnait depuis deux jours maintenant.

— Merci de nous avoir sauvé... s'empressa de dire Thomas, ému.

Sélène eut un sourire bienveillant avant de reprendre des traits préoccupés.

— J'aurais préféré te revoir en une autre occasion... se contenta de dire Hélène en guise de retrouvailles, qu'est-ce qui s'est passé ?

— On n'a pas beaucoup de temps... gémit Sélène en tentant de se relever sous les gestes d'apaisement du groupe. Les Vaguenuits nous ont trahis Hélène, ils vont arriver d'une minute à l'autre, nous devons rejoindre le sanctuaire, immédiatement...

— Ben voyons quelle surprise... Nous devons défendre le Val et les gens qui s'y trouvent Sélène ! C'est la priorité !

— Non tu ne comprends pas... il reste... peu de temps, s'empressa-t-elle de répondre malgré la douleur, nos défenses sont bien trop faibles, il faut mettre le Cœur en sécurité ou bien trouver quoi faire avec... ils parviendront à forcer les portes je t'assure... ma magie n'a rien pu faire contre eux.

Hélène expira d'agacement, avant que son désaccord ne disparaisse au profit de la peur. Un bruit sourd retentit en provenant du nord, les Vaguenuits s'étaient remis en marche.

Chapitre 6
De rouille et d'argent

Les retrouvailles furent de courte durée devant l'urgence de la situation. Se retranchant rapidement vers le centre-ville, le groupe à présent réuni vit l'assemblée composite réagir à l'état de siège approchant. Écumeurs et loyalistes s'activèrent à préparer les défenses de la ville, épris du même sentiment de vengeance.

— Activez les monolithes ! ordonna l'un des habitants.

Certains villageois du Val-Turquoise, d'une musculature impressionnante, abaissèrent d'antiques leviers aux abords des obélisques de pierre qui ponctuaient toute la superficie du village. Les gravures dans la roche s'illuminèrent alors d'une lueur cyan, remontant jusqu'aux pointes bouillonnantes d'un plasma bleu et y formant une sphère presque parfaite, quoique instable. L'ensemble des monuments propulsèrent en parfaite synchronicité leurs projectiles sur les abords du village, désintégrant instantanément les cinq premiers Vaguenuits qui chargèrent la ville dans leur élan de conquête.

Le dirigeant des Vaguenuits, toujours auréolé de cristaux, pesta devant une protection si efficace. Cette première déconvenue ne serait pas du goût de ses supérieurs, pensa-t-il intérieurement. Temporisant la situation à la lisière du bois, hors de portée de ces colonnes bombardières, il fut rejoint par l'un de ses semblables. Un gradé tout comme lui, se distinguant par un jeu de cartes étrange qu'il prenait plaisir à battre et manipuler, de ses mains monstrueuses aux phalanges trop nombreuses.

— Cartomancien, je ne m'attendais pas à vous voir, vous venez nous prêter main-forte ? interrogea le commandant de sa voix d'outre-tombe.

— Mes respects Cristallographe, je suis impressionné par votre conquête rapide et disciplinée de ces terres... salua t il d'un ton respectueux.

Leurs voix résonnaient du même timbre caverneux et guttural. Les sons qu'ils produisaient passeraient, aux oreilles de simples hommes, pour des bribes de murmures agressifs confondus avec le souffle du vent.

— Leur précieux Cœur d'Azur sera bientôt nôtre. Le maître sera pleinement satisfait.

— Vous semblez néanmoins freinés dans votre élan par ces regrettables artifices... comment comptez-vous vous y prendre ? jaugea son collègue, le toisant avec un dédain à peine camouflé.

— Je crois que sans renfort nos magies risquent d'être insuffisantes...

— Certes, peut-être qu'une trahison plus tardive aurait évité ce retranchement défensif, et par là même évité de faire de la fille une adversaire...

— Sauf votre respect, nous avons joué le jeu de ces bouffons durant des mois... se justifia le Cristallographe.

— Et vous avez attendu des milliers d'années réduit à l'état de simple esprit que le maître vienne vous sauver ! Vous auriez pu faire étalage d'un soupçon de patience supplémentaire.

— Êtes-vous venu uniquement pour me relever de mon commandement ? s'indigna-t-il, vexé de subir une pression hiérarchique de son homologue. Ou bien apportez-vous une solution au problème ?

— Les deux Cristallographe... Cette magie de l'eau est redoutable d'un point de vue défensif, aussi, si nous souhaitons attaquer de front, il nous faudra une force de frappe plus violente... le Maître a décidé de s'occuper personnellement de ce dernier obstacle.

— Le... maître... va venir ? demanda-t-il, une fraction de terreur dans la voix.

— Il n'est plus très loin... quelques détails à régler... vous pourrez rester à ne rien faire et vous repaître du spectacle !

* * *

Le groupe de naufragés accompagna Hélène et Sélène jusqu'aux limites du village, devant une stèle massive de granite sombre constituant l'entrée du sanctuaire de la dame Cyan. Vik et Manorak les avaient rejoints, visiblement enclins à déterminer une stratégie d'action.

— Les filles ! Votre place est à la défense de cette cité ! grommela Vik.

— Pour une fois je suis d'accord avec le vioc ! Sans votre magie nous sommes cuits ! compléta Manorak

— Combien de temps les monolithes pourront assurer notre protection ? questionna Hélène.

— C'est pas quantifiable ! Logiquement c'est censé tirer en continu mais ça suppose quatre Flèches en état de marche... répondit Manorak.

— La faute à qui hmmm ? commenta Vik, agacé.

Hélène acta de mettre tout le monde d'accord en imposant sa vision des choses, prenant à la surprise générale le parti de sa sœur.

— Ça suffit ! Nous devons mettre le Cœur en sécurité ! C'est effectivement la priorité, nous sommes les seules à pouvoir l'approcher et si les Vaguenuits s'en emparent, aucune magie ne pourra les arrêter.

— Merci Hélène, commenta sa sœur, qui s'enorgueillissait d'avoir raison.

— Par contre je te préviens de suite, si tu tentes de nous doubler ou de t'emparer du Cœur pour ton ambition personnelle, je te tue sur le champ t'as compris ?

— Et si c'est pas elle c'est nous ! ajouta Éric, prompt à faire partie de l'équation.

— Voilà qui a le mérite d'être clair ! répondit-elle, pincée.

86

À contrecœur, ils quittèrent Vik et Manorak qui furent chargés d'assurer la défense du Village. L'équipe insista pour qu'ils leur offrent le plus de temps possible. La stèle ne pouvait s'ouvrir que par l'apposition des deux mains d'Hélène et Sélène. Un profond rayonnement, aux teintes bleues et orangées, s'infiltra parmi les veines de la roche, jusqu'à ce que la stèle se sépare en deux, ouvrant le passage. Ils entrèrent tous les six, avant que la porte de pierre ne se referme de nouveau, ne laissant entrevoir que l'expression d'inquiétude de Manorak, et la tristesse de Vik.

* * *

La superficie couverte par le sanctuaire était telle qu'il s'étendait sur un cinquième de l'île. Ses fondations, ancrées profondément dans la roche, fusionnaient littéralement avec le socle insulaire. Un réseau de conduites aux dimensions tentaculaires serpentait aux quatre coins de la région, sillonnant toutes les Flèches et tous les villages, jusqu'à la pointe d'Occlume.

Une fois la porte passée, tout sens physique disparu au profit de décors majestueux, imprégnés d'énergies étranges, l'œuvre d'une magie d'une ampleur méconnue. Les pièces, larges et hautes, regorgeaient de machines antiques, produisant des sons curieux, épargnés de toute expérience humaine. L'eau sous toutes ses formes remplissait ici des fonctions diverses. D'impressionnantes turbines ronronnaient sous les chocs de l'eau de mer. Une vapeur brûlante activait vilebrequins et pistons, tandis que des paillettes de glace jaillissaient de tuyaux pour chuter dans une salle obscure en contrebas. Personne du groupe, pas même les deux sœurs, n'avait connaissance de l'utilité de ces outillages. Ils furent d'ailleurs tous troublés de voir que la perte des quatre Flèches n'avait pas jusqu'à présent altéré l'endroit.

Ils passèrent de salle en salle avec prudence, suivant les pas d'éclaireurs des deux sœurs qui à défaut d'en connaître les secrets, savaient que le sanctuaire regorgeait de pièges et autres systèmes de sécurité.

— Depuis combien de temps ne sommes-nous pas venus ici ma sœur ? demanda Sélène, nostalgique.

— Pas assez longtemps... fusa Hélène qui restait sur la défensive.

— Hélène vous pensez que... la voix est encore là ? demanda Aurélie, osant interrompre le conflit latent entre les deux sœurs.

— Ah tu leur as déjà parlé de ça... soupira Sélène qui sans doute appréciait que ces faits ne restent connus que d'elles seules.

— La voix doit être quelque part oui... et elle doit sûrement nous écouter... lui répondit la navigatrice.

En progressant à travers le dédale, ils entrèrent dans une immense alcôve surnommée par les sages « le Nexus des Abysses éternelles ». En cet endroit particulier, comme tout le reste, d'immenses colonnes conduisaient une eau chargée d'énergie à travers tout Hyd. Ici siégeait le véritable nœud énergétique de la région, là d'où tout venait et où tout allait. Cependant, le groupe constata avec inquiétude que l'énergie cyan s'était tarie par endroits, les trois quarts des conduites contenant une eau pourpre, encrassée par une épaisse rouille.

— C'est ton œuvre ça... lâcha Hélène avec fatalité, trop fatiguée pour exprimer une éventuelle véhémence.

— On va pas remettre ça Hélène, regarde ces ennemis à nos portes, avec ou sans l'Ecume Cuivrée ils seraient venus quand même...

— Tu les as fortement aidés je te rappelle ! Ce ne serait pas arriver si nous avions été unis !

— Si nous avions été unis sous MA cause, alors nous aurions déjà le cœur entre les mains, et les Vaguenuits seraient sous l'eau comme le reste de ce complexe pénitentiaire !

— Le reste de l'île, et le reste des gens avec !

— Oh ! Et je suppose qu'une vie de prisonnier sur un caillou au milieu de l'océan vaut bien de ne courir aucun risque ? Regarde tes nouveaux amis, tu crois qu'ils ont l'étoffe de marins ? Qu'ils n'ont pas de familles, une vie qui leur manque ? Ce n'est pas moi l'égoïste ici !

Les quatre naufragés assistaient à ce règlement de compte sans comprendre exactement quelle était leur place. Se sentant inutiles, ils se murèrent dans un état de spectateurs, que Thomas se décida à briser, constatant l'impasse du dialogue entre les deux sœurs.

— Ça suffit toutes les deux ! asséna-t-il avec colère et autorité. On n'a pas besoin de choisir des camps ! On a juste besoin de rester en vie et que ce soit le cas pour le plus grand nombre de personnes ici, c'est ÇA la priorité numéro 1. Qu'est-ce qu'on en a à faire de votre querelle de sœurs ! Tous ceux qui ont voyagé avec nous sont probablement morts, et je dis probablement parce qu'on sait même pas avec cette île à la con ! On a été suffisamment patients et benêts pour vous suivre partout, accepter d'affronter un monstre.

— Non pas toi... ironisa Estelle.

— Bon... oui pas moi, mais les autres oui ! Éric deux fois d'ailleurs. On prend des risques les uns pour les autres parce qu'on se dit que dans toute cette merde qui n'a aucun sens, on finira bien par trouver un espoir et une solution. Et maintenant qu'on a un but, tout ce que vous trouvez à faire c'est vous engueuler comme des pies ? Mais bordel quoi !

— Thomas a raison ! s'exclama Éric, vous êtes supposées toutes les deux avoir la responsabilité de cette terre et des personnes qui s'y trouvent. Tâchez d'être à la hauteur de cette mission ou au moins faites semblant pour quelques heures... que vous l'ayez choisie ou non...

— Je les aime bien ! rétorqua Sélène en riant.

Un silence de cathédrale fit suite aux déclarations des naufragés permettant au groupe de retrouver un calme relatif. Les deux sœurs continuèrent d'avancer, n'osant avouer dans leur orgueil que Thomas avait vu juste.

Se succédèrent de nouvelles salles jusqu'à l'immense chambre des phases où des réservoirs colossaux longeaient les murs, abritant toutes sortes d'espèces marines miniaturisées, provenant de tous les âges de la création. Au centre, un registre et des notes demeuraient consignés. Aurélie se précipita sur l'ouvrage pour le feuilleter.

— Je crois pas qu'on ait le temps, lui murmura discrètement Estelle.

— C'est inestimable ! s'écria l'érudite, avec un ouvrage, même si je suppose qu'il traite de biologie marine, on pourra tout déchiffrer ! C'est une découverte majeure !

— Je ne crois pas que...

— Elle a raison... soupira Sélène, si cette île disparaît, autant en conserver une partie du savoir et l'étudier. Servez-vous jeune fille, prenez le livre...

À l'instant où Aurélie posa ses mains pour soulever l'épais volume, une spirale d'énergie se forma devant eux, d'où émergea une silhouette spectrale, d'une taille avoisinant les trois mètres de haut, d'allure humanoïde, au visage immaculé et tendre.

— Mes enfants, vous voici de retour après tant d'années de silence... s'écria le spectre.

Sélène et Hélène échangèrent de multiples regards avant de saluer à leur tour cette voix qui berça leur enfance. Les naufragés assistaient avec effarement à cette apparition grandiose qui avait le don de générer de l'apaisement. La présence de cet être calmait les douleurs de leurs plaies, soignait leurs maux de tête et surtout tranquillisait leurs esprits durement éprouvés. Une certaine sérénité gagna l'ensemble du groupe.

— L'heure est grave, aborda Hélène, nous sommes venus pour mettre le Cœur à l'abri, des... personnes... mal intentionnés vont venir le prendre.

— Soit... j'attendais votre venue... et celle de vos camarades... suivez-moi.

Le spectre avança plus en profondeur dans le sanctuaire, lévitant à une poignée de centimètres du sol, ajoutant à sa grandeur. Le groupe le suivi avec hâte, pressé de parvenir à la relique tant convoitée.

Les galeries sinueuses débouchèrent finalement sur l'antichambre d'azur, un complexe massif abritant un autel sur lequel trônait une sphère rayonnante incrustée d'un symbole identique à celui cousu sur la robe d'Hélène. Le globe, d'une vingtaine de centimètres de diamètre, attirait indéniablement le regard, flottant au-dessus d'un réceptacle métallique.

Tous s'imaginaient le sanctuaire comme un amoncellement de pièges et d'obstacles à désamorcer à la manière des Flèches ou du phare. Voir l'objet de leur quête patientant sobrement à quelques pas inspirait leur passion comme leur méfiance.

— C'est donc cet objet le Cœur d'Azur ? demanda Estelle en faisant attention à bien calibrer le son de sa voix pour ne pas troubler ces êtres étranges, vous croyez qu'il est possible de... nous renvoyer chez nous avec ?

Le spectre se retourna, scrutant intensément la jeune fille qui frémit de peur, craignant d'avoir froissé leur hôte.

— Une ère arrive à son terme, une autre s'apprête à commencer... incertaine... troublée... avant que vous ne vous empariez de cette relique... nous vous devons la vérité... déclara l'entité de sa voix volatile, énigmatique.

— Nous ?! jaillit le groupe en chœur.

Une nouvelle spirale d'énergie se déchaîna aux côtés du spectre, à la teinte cuivre cette fois, d'où émergea un second spectre aux traits masculins, d'une taille comparable à sa compagne.

— Vous êtes le Prince Rouillé... et vous... la Dame Cyan ! déduisit Thomas, content à l'idée d'enfin recoller les morceaux de ce récit fantasque.

— Oui jeune homme, vous avez vu juste... dit le Prince Rouillé dont la voix demeurait beaucoup plus audible et vivace que celle de sa compagne.

— Il est temps pour vous d'entendre notre histoire... continuèrent-ils de concert.

* * *

La pièce s'illumina de divers éclats bleutés, projetant sur le sol une carte de l'île, beaucoup plus précise que celle possédée par Hélène. Dessus y figuraient les Flèches et les temples jumeaux, clignotants dans des couleurs différentes selon leur état.

— La Flèche du Sel semble encore tenir le coup ! s'exclama Aurélie avec satisfaction.

Les deux êtres mêlèrent leur voix en une seule, comme l'écho d'une créature beaucoup plus puissante.

— Mes enfants, chers invités, mon nom est Hydranar, l'un des douze anges gardiens ancestraux, en charge de la veille et de la protection de la rune de l'eau, aussi dénommé Cœur d'Azur.

— Un... Un ange... sourit béatement Éric, sidéré tout comme ses semblables.

— Fut un temps glorieux où nous marchions parmi les hommes, expliqua la créature, sur une terre ancienne où l'esprit de conquête demeurait étranger aux espèces foulant le monde... Le créateur, dans son infinie sagesse, nous confia la tâche de veiller sur les douze runes renfermant les énergies primordiales de l'univers.

Des obélisques éparpillés dans la chambre s'activèrent pour projeter depuis leur pointe une sorte d'hologramme représentant douze sphères semblables au cœur d'azur, illuminés de lueurs multicolores, du rouge flamboyant au blanc laiteux. Le groupe admira cette vision les yeux emplis d'émerveillement.

— Cet incommensurable pouvoir n'est pas digne d'être manié par autre que le créateur lui-même, aussi, il nous fut interdit d'y toucher, sembla déplorer l'ange. Lorsqu'une rune est touchée par un homme, il s'y disloque, par un ange, il s'y corrompt.

Le Cœur d'Azur revêtit alors une aura beaucoup plus inquiétante que les minutes précédentes.

— Cinq d'entre nous trahirent le créateur, et usèrent des runes dont ils avaient la charge pour conquérir et détruire notre monde... Leur armée de démons déferla

94

et nous ne pûmes l'arrêter qu'au prix de la terre qui nous avait accueillis. Le créateur, dans son éternelle bonté, façonna alors un nouveau monde, où anges, démons et toute forme de magie, seraient bannis à jamais, laissant les hommes vivre en paix sous une protection qu'il baptisa le Voile.

— Donc... quand vous aviez dit qu'on n'était pas sur le même plan Hélène... cela signifie qu'on est... passé à travers le voile ? demanda Aurélie à voix basse.

— Tout à fait jeune enfant... les runes ne peuvent être extraites totalement du monde, car elles seules permettent l'existence matérielle. Ainsi, elles furent séparées et placées en des sanctuaires, des lieux ponctuels, fermés au plan physique, changeant continuellement d'emplacement.

— Continuellement ? s'interrogea Éric.

— Pour un temps l'île d'Hyd figure au large de ce que vous appelez Brest, pour un autre dans ce que vous appelez la méditerranée, quelques fois dans le Pacifique... l'emplacement des sanctuaires fut calibré selon un enchevêtrement cosmique complexe qui... pour vous rassurer... n'est pas à la portée même d'un ange.

— Hydranar... si nous sommes supposés ignorer votre existence comment vous expliquez que nous soyons ici ? s'empressa de demander Thomas pour qui ces révélations s'avéraient encore incomplètes.

— J'ai bâti cette île, ses Flèches et son réseau, veillé sur elle durant des millénaires... lorsqu'il y a quelques dizaines d'années... j'ai senti le Voile s'affaiblir, se ternir. Le Voile a toujours eu des failles, mais quelque chose ou quelqu'un venait de trouver le moyen de l'écarter suffisamment pour qu'il soit en péril. Il s'agit très probablement de l'un de mes frères corrompus...

— Que se passe-t-il si le Voile se brise, l'île disparaît ou apparaît ? Et l'humanité sera au courant pour la magie, les anges et les démons ? ça n'a pas l'air si inquiétant ? demanda une nouvelle fois l'ingénieur qui redoutait la réponse.

— Si le Voile se brise, les démons comme les anges voudront s'incarner pour conquérir ou défendre des positions, façonner des empires, soumettre ou élever les hommes. C'est un avenir bien gris pour l'humanité... qui pourrait même s'avérer un cauchemar total si vous ne gardez qu'une seule chose en tête. Imaginez bien que celui qui cherche à briser le voile n'a pas vocation à tous nous éveiller... Il ira sélectionner scrupuleusement ses semblables, et favorisera la venue des démons... vous n'aurez pas d'alliés pour vous défendre des lors.

Tous sentirent une profonde angoisse percer les pores de leurs peaux, vibrantes d'effroi en imaginant l'apparence de ces créatures.

— Ainsi, contrairement à mes homologues qui gardent encore silence, j'ai décidé d'agir ! J'ai acté de braver l'interdit de notre père, en usant de l'énergie de la rune pour faire venir des humains dans l'espoir de concevoir une arme capable d'anéantir cet ennemi en devenir.

— Quoi ?! Attendez ! Vous êtes responsable de la tempête qui a causé notre naufrage ? Vous avez tué tous ces gens pour... en récupérer une poignée ?

vociféra Éric, redescendant de ses chimères par le choc de la nouvelle.

— Je ne pouvais pas en transférer la totalité, un choix fut nécessaire. Un moindre mal dont vous devriez vous réjouir, je vous ai triés sur le volet. Chacun d'entre vous disposant d'atouts essentiels...

— Sympa pour les autres, non seulement ils sont morts mais en plus ils n'avaient pas le CV requis ! ajouta Thomas, scandalisé.

— Ces sacrifices et l'usage de la magie n'ont pas été sans conséquence... progressivement la corruption s'empara de mon esprit, me scindant en deux entités aux aspirations différentes, une dyade...

— Le Prince Rouillé... marmonna Sélène.

Hydranar s'effaça, faisant réapparaître les deux spectres initiaux. Le Prince prit alors la parole.

— Je suis l'aspect d'Hydranar débarrassé de ses interdits, ne reculant devant aucun choix, aussi durs soient-ils, pour affronter les démons.

— Et je suis la bienveillance d'Hydranar, restée fidèle aux commandements du créateur.

— Le bordel que c'est... commenta Estelle en portant la main à sa bouche.

— Et nous deux dans tout ça ! s'écria Hélène qui jusqu'ici avait freiné sa colère. Vous nous avez initiées à des pratiques depuis petites, sans nous informer de quoi que ce soit, sans nous laisser le choix ! Puis du jour au lendemain, on a été capable de magie, alors que vous venez de nous dire que c'était impossible ! Qu'est-ce que nous sommes Sélène et moi ?

Sélène contempla avec mélancolie la colère de sa sœur, y trouvant une certaine justesse, constatant qu'elle aussi souffrait de sa condition, ce qu'elle ne soupçonna pas jusqu'alors.

— Mes filles, vous êtes la réponse, l'arme dont nous avons besoin... au fil des générations, nous vous avons sélectionné et élevées pour recevoir le Cœur... expliqua la dame cyan. Il existe une solution à la manipulation de la magie, si l'esprit d'un ange ou d'un démon cohabite dans le corps d'un être humain, alors il est possible d'user de la rune dans une certaine mesure sans affecter le mental ou le corps !

— En d'autres termes ? insista Sélène qui espérait se tromper.

— Nous avons pour vocation de diluer nos âmes dans vos corps afin que vous puissiez devenir des parangons de l'énergie de l'eau... répondit le Prince.

— Mais le Cœur ne va pas se diviser en deux ? constata Estelle dont la pertinence de la remarque fut saluée de la Dame Cyan qui hocha la tête.

— Depuis la venue des premiers hommes sur cette île, continua la Dame Cyan, depuis qu'Hydranar s'est scindé, nous n'avons cessé de nous quereller tous les deux... sur la marche à suivre. Un seul pourra recevoir le cœur... mais nous ne pouvons décider seuls... aussi nous vous avons aiguillées, le prince pour toi Sélène et moi-même pour toi Hélène, vers les chemins que nous pensions être les meilleurs pour vous... Il est maintenant temps de choisir... laquelle d'entre vous pourra porter le cœur...

Les deux sœurs se regardèrent avec tristesse, la colère de leurs regards disparut au profit d'un profond déchirement. Elles qui s'étaient si souvent opposées se trouvaient désemparées par la manipulation dont elles furent l'objet.

— Une fois que cela sera acté, reprit le Prince, nous cesserons d'exister en tant que dyade, pour nous unir à nouveau sous Hydranar le véritable...

— et... celle qui ne sera pas choisie... trembla Sélène, aux bords des larmes.

— L'existence ne saurait supporter plus longtemps deux anomalies jumelles comme les vôtres, celle qui ne recevra pas le Cœur verra sa vie la quitter...

Un état de stupéfaction s'empara de tous les protagonistes, s'attendant à toutes sortes de réactions des deux sœurs, qui disposaient de toutes les bonnes raisons pour sombrer dans une rage noire.

Un instant perdu dans le temps qui fut interrompu par un fracas épouvantable à l'autre bout du temple. Des bruits de croassements se firent entendre, résonnant à travers les salles immaculées.

Prit dans le flot des révélations, le groupe ne nota pas le changement de couleur de la lumière au-dessus de la carte au sol, à l'emplacement de la Flèche du Sel, indiquant sa chute récente.

Des bruits de pas lourds se mêlèrent au chahut des corbeaux. Tous se raidirent de terreur, tétanisés par ce qui allait émerger dans la chambre d'un moment à l'autre. Les deux sœurs, succombant à leur chagrin intérieur, continuaient de se regarder sans savoir quelle action mener.

— Il arrive... déclara le Prince Rouillé.

— Qui ? Qui arrive ? hoqueta Aurélie, au bord des larmes comme ses camarades.

— Celui... qui nous détruira tous... compléta la Dame Cyan.

Chapitre 7
Ombre sur le Cœur

Au-dehors, les monolithes s'effondraient les uns après les autres sur le granite ensanglanté du Val Turquoise. Dans une marée d'azur et de rouille, les corps gisaient sur les pavés, formant un tapis que le responsable du massacre foulait avec nonchalance.

Suivi de près par ses fidèles lieutenants, il inspectait l'ensemble des ruelles à la recherche d'éventuels oublis, d'improbables survivants. Des corbeaux vicieux sillonnaient le ciel pour guetter le moindre mouvement suspect dans une cacophonie funeste. Si le Cristallographe et le Cartomancien arboraient des sourires satisfaits, leur maître se focalisait encore sur l'essentiel, sur ce temple face à lui, cette ultime verrue de résistance en une terre conquise.

Vêtu d'une robe indigo déchirée, émaillée de taches informes, le maître ne disposait pas des apparats de ses fidèles. D'épaisses ailes semblables à celles d'une chauve-souris géante se recroquevillaient en son dos, transperçant sa bure. Son visage se dissimulait derrière un masque noir dont les fentes laissaient traverser deux lueurs bleuâtres particulièrement vives.

Son apparence intimidante ne constituait pas le cœur de son autorité. Celle-ci, demeurait la cause de l'énergie incommensurable qui s'échappait de son être. Par sa fulgurante démonstration, il fit étalage d'une capacité destructrice aussi sobre que prodigieuse. Un véritable escalier se tenait entre son niveau de puissance et celui de ses troupes.

D'un pas lent et mesuré, il s'approcha de deux survivants torturés par les corbeaux. Vik et Manorak gisaient à ses pieds, pétris de douleurs, terrorisés par ces monstres venus les conquérir ou plutôt, les exterminer. Le Cristallographe prit l'initiative de l'interrogatoire.

— Elles sont à l'intérieur... n'est-ce pas ? Le Cœur aussi ? demanda-t-il avec sa voix spectrale et éraillée.

— Tu peux te gratter, démon ! Tuez-nous qu'on en finisse ! répliqua Vik, la face contre terre.

— Alors pour ma part, ajouta Manorak, je ne souhaite pas mourir tout de suite, tout de suite, s'il y a une chance que... AH !

Le Cristallographe laissa échapper un nouvel éclair pour le faire taire. Son maître lui fit signe d'arrêter, ayant déjà la réponse à la question posée. La créature aux corbeaux reprit la parole, d'une voix d'outre-tombe, toute aussi gutturale, mais relativement suave et élégante.

— Je sens que nous touchons au but... regagnez Umbr'Al par les portails de la Flèche, hâtez-vous... ce lieu sombrera bientôt dans l'océan... vous avez bien agi.

— Qu'est-ce que vous allez faire... de nous ? On vous a aidés je vous rappelle ! Nous laissez pas là ! sanglota Manorak.

Ne prêtant pas attention aux supplications de ces êtres insignifiants, le démon adressa à ses subalternes un signe commandant leur exécution rapide. Une mort instantanée demeurait le seul privilège accordé aux membres de l'Écume Cuivrée. Les deux anciens ennemis virent s'éteindre ainsi leur dernier soupir au chevet de la porte du sanctuaire de la Dame Cyan.

Le Cristallographe et le Cartomancien ne s'attardèrent pas en politesse et tracèrent au sol un diagramme complexe qui après de multiples incantations, se mut en un vortex noir crépitant d'éclairs et de bruits d'explosions internes. Ils commandèrent aux derniers Vaguenuits d'y sauter, avant de les rejoindre, refermant la porte à leur passage.

Le maître rassembla ses corbeaux et, sans le moindre effort, fit imploser la stèle occultant l'entrée du sanctuaire.

Son parcours au sein du dédale millénaire fut une promenade de santé pour un être si rompu à la pratique des arts occultes. Son aura malsaine teintée d'une énergie antagoniste à celle de l'eau activa divers mécanismes de défenses, tous inefficaces. Des golems de glaces, des évaporeux, sortes d'élémentaires de vapeurs brûlantes, tous types de créatures exotiques façonnées par Hydranar dans le but de protéger l'accès au cœur lui furent opposés, sans succès. Son niveau de maîtrise surpassait de loin celui d'anges trop hésitants à exploiter pleinement leur magie.

* * *

Le croassement de ses passereaux de malheur trahit sa présence auprès du groupe et des deux gardiens du lieu. Il entra dans la chambre du Cœur, avec défi et assurance. L'ensemble du comité d'accueil resta bouche bée devant un tel spécimen dont les difformités surpassaient celles des autres Vaguenuits. Le démon ouvrit la discussion avec lenteur, prenant le temps de savourer la tenue de ce moment.

— Tiens, tiens, tiens... quel plaisir de revoir un autre membre de ma fratrie... quel chagrin de vous voir victime de la répercussion cher Hydranar... vous divisez vos forces...

— Dit celui qui a sombré dans la corruption de sa rune ! fusa la Dame Cyan. Où est l'ange courageux que nous avons connu dans les premiers temps ?

— Oh ! Contrairement à vous je n'apprécie que peu la concurrence... ironisa-t-il. Voilà donc vos protégées ? Et leur... garde d'élite je suppose !

Son regard étincelant se posa à peine sur le quatuor de naufragés, qu'il ne désirait pas honorer d'une éventuelle considération.

— Tu ne prendras pas le Cœur de l'île ! Et tu n'obtiendras pas son pouvoir Keitheras ! Je t'ai déjà

laissé détruire mon temple, tu n'auras pas celui-ci !
exhorta le Prince Rouillé.

— Fort bien puisque je n'en formule pas la demande…
quel intérêt aurais-je à manipuler une énergie qui ne
m'est pas familière et qui rendrait mes pouvoirs
instables ? Je ne suis pas notre frère Maelas, la course
aux runes ne m'intéresse pas…

— Alors quelle est la raison de ta venue ici, monstre ?
rétorqua la Dame Cyan sur la défensive.

Keitheras savourait l'instant, se délectant des
questions et des interrogations que suscitaient ses
actions, même en son propre camp. D'une intelligence
rare et fort bien maniée, il n'aimait discourir qu'une
fois la certitude de sa victoire obtenue. Ses anciens
frères connaissaient ce trait de caractère.
Contrairement aux autres représentants de son espèce,
plus il se répandait en paroles pamphlétaires, plus il
s'avérait dangereux.

— Lorsque j'ai recouvré ma liberté, j'ai
progressivement retrouvé l'usage de ma magie…
l'Ombre est très sensible aux fluctuations magiques….
et tes petites expériences avec les tempêtes, les portails
et cette île ont attiré ma curiosité… je voulais voir de
mes propres yeux l'un de mes semblables jadis si prude
se résoudre à des « extrémités », railla-t-il.

— Nous avons perçu ton aura revenir en ce monde,
voilà ce qui nous a poussés à agir de la sorte ! exulta le
Prince Rouillé.

— Absolument oui, voilez-vous la face… vous avez
simplement senti que tout ceci n'était qu'une prison

bâtie par votre créateur, et naturellement vous avez eu envie de vous libérer... n'est-ce pas mes demoiselles, vous suintez l'esprit de liberté... et le désir de pouvoir...

— Ça suffit ! Dis-nous ce que tu veux ou quitte ce sanctuaire ! vilipenda la Dame Cyan.

— Je suis venu négocier ! Nous pouvons nous entendre chers amis. Vous souvenez-vous du temps où anges, démons et autres créatures foulaient le sol de cette planète ? Je poursuis l'objectif de déchirer ce voile infâme qui nous réduit au silence, pour que tous nous puissions vivre en paix... n'est-ce pas là un noble propos ?

— Et l'humanité ? demanda Hélène, perdue dans ce conflit d'un autre temps.

— Oh je vous en prie ! Vous avez fait votre temps ! Vos villes, vos machines et vos civilisations sont quelque peu désuètes et passéistes... vous aurez votre place... au service de causes plus grandes, ainsi gagnerez-vous peut-être en perspective et en utilité.

— On abandonnerait une prison pour devenir vos esclaves alors ? Charmante votre vision du monde... protesta Sélène.

— Vous pourriez participer à l'avènement d'une nouvelle ère ! Sélène, songez au potentiel de recherches et de découvertes que vous pourriez explorer sans contrainte ! Vous pourriez être une reine ! Vous n'avez qu'à saisir ce Cœur pour prendre votre destin en main.

Sélène ressentit ses multiples blessures intérieures se rouvrir dans un ultime dilemme. À quoi bon disposer de dons s'il n'était pas permis de les utiliser ? En quoi le reste de l'humanité disposerait du droit de prospérer au-dehors lorsque leurs bas instincts sont tout aussi condamnables que les leurs.

— Et si nous refusons ? intervint Hélène.

— Alors je n'aurais d'autres choix que de détruire cette île en isolant le Cœur pour qu'aucune élue d'aucun ange ne puisse s'en emparer... ce serait malheureux... feint-il de regretter.

— Sélène, je ne te laisserai pas prendre le Cœur pour servir ce type ! lui adressa sa sœur avec agressivité, pressentant le choix qui la tiraillait.

— Je ne suis au service de personne Hélène ! s'empressa-t-elle de répondre, vexée.

— Bien entendu jeunes filles, je ne cherche pas à vous soumettre, je vous parle d'égal à égal... commenta Keitheras, appréciant le spectacle de la discorde qu'il venait de semer.

— Comment se fait-il que vous soyez capable de marcher et de parler pour un démon ? Lui rétorqua Hélène qui ne comptait pas entrer immédiatement dans son jeu.

— Puisque vous voulez tout savoir, j'ai déjà accompli ce que vous vous apprêtiez à faire, j'ai obtenu un élu et intégré à mon corps l'essence de l'Ombre...

Tandis que le démon rappela sa condition passée, Sélène se dirigea à pas de loup vers le globe à quelques mètres d'elle, attirée par sa prodigieuse énergie, par cette échappatoire à son tourment. Comme envoûtée, elle désirait s'abandonner à la relique, pour effacer cette île et les douloureux souvenirs qu'elle abritait.

— Sélène non ! hurla Hélène qui la tira vers elle dans un geste vigoureux.

— Arrête de me dire ce que je dois faire ! vociféra sa sœur, tentant de se dégager de ses bras.

— Mais bon sang tu vois pas qu'il te manipule ? Il veut que tu te saisisses du Cœur car lui ne peut pas le faire ! Que tu le prennes pour que l'île s'effondre.

— Si vous vous emparez de cet héritage, vous aurez davantage de force contre moi, éventuellement.... Alors que dépourvu de son énergie vous serez bien vite vaincues... ma patience a des limites, intervint le démon.

— Mes filles ! Faites votre choix ! ordonna le Prince Rouillé.

— Sélène ! Je... je vais le prendre ! tenta Hélène, peinant à se convaincre elle-même.

— Si tu le prends je cesse d'exister ! Tu le sais ! Une bonne occasion pour toi de te débarrasser de moi ! sanglota Sélène, ivre de ressentiment.

— Ce n'est pas maintenant qu'on doit décider... se reprit-elle.

— Mais tu viens de dire que tu allais le prendre ! répliqua Sélène.

* * *

Les deux sœurs éplorées aux prises avec leur cruel destin attirèrent l'attention d'autre chose, le temple trembla. À travers les murs de pierres sculptés, de sourdes vibrations résonnèrent, générant de multiples fissures.

Se reprochant tout ou presque, les deux sœurs se livraient à un semblant de pugilat, toutes deux en larmes, pestant contre ce que l'autre était devenue. Devant ce spectacle et les tremblements annonciateurs d'une catastrophe, Keitheras et ses corbeaux s'amusaient, semblant discuter ensemble, chuintant et chuchotant de sombres mots dans une langue inconnue.

Éric, agacé de la situation, essaya d'intervenir. Avec vivacité, il dégaina son arme et tira sur le démon à faible portée, convaincu de pouvoir le toucher. S'il était fait de chair comme tout un chacun, il pouvait bien mourir d'une balle, pensa-t-il.

Le démon stoppa la course du projectile d'un simple regard, avant qu'une main géante, noire nimbée d'indigo, sortant du sol telle une ombre vivante, vînt se saisir du gendarme pour l'étreindre avec force, jusqu'à ce qu'il rende son dernier souffle.

— Un gâchis de plus... lâcha Keitheras.

Le corps d'Éric tomba sur le marbre glacé, inerte. La rapidité de l'exécution laissa l'assistance sans voix, la respiration coupée par une telle violence, si froide et directe. Les naufragés restant se rassemblèrent dans une dernière étreinte, terrorisés et vulnérables. Peut-être aurait-il mieux fallu qu'ils se noient comme le reste des passagers plutôt que de vivre pareils enjeux. Les deux sœurs cessèrent leur lutte pour se rendre au chevet de la victime. Hélène caressa son visage avec tendresse, pétrie de regrets. Il y eut un nouveau tremblement de la structure, cette fois-ci, le sol se fractura, faisant s'effondrer les bords de la salle dans un précipice. Tous se recentrèrent vers l'autel du cœur, encore stable.

Haineuse et impatiente, Hélène sortit de sa réserve et généra un puissant rayon de givre en direction du démon, qui para cette magie d'un revers de bras, investie d'une lame magique.

Il y eut de nouvelles vibrations, suivies d'un long cri reconnaissable entre mille qu'Aurélie tenta de couvrir en se bouchant les oreilles. Des abords en ruine de la chambre jaillirent des tentacules d'un mètre de diamètre, suivis d'un trio de têtes immenses, semblables à des dragons aux yeux difformes. La bête dont la chair se composait d'eau martela le sol encore en place par ses coups de tête et de tentacules, crachant même des salves de stalactites affûtées. Son corps immense s'imprégnait d'azur et de rouille, fulminant d'une colère indomptable. La taille du monstre fut telle qu'une partie seulement de son immense corps parvenait à s'immiscer dans la chambre. Le reste du groupe tentait tant bien que mal d'esquiver ses attaques mortelles en se rapprochant toujours plus du Cœur, qui offrait un semblant de protection.

— Tiens dont ! L'élémentaire a bien grandi ! commenta Keitheras, impressionné.

— Pourquoi il ne s'en prend pas à vous ! protesta Hélène.

— Plus les protections s'affaiblissent plus il évolue ! s'écria Aurélie.

— Belle déduction mortelle... Il est au dernier palier de développement, un magnifique spécimen de léviathan... jugea le démon. Il ne s'en prend pas à moi car il n'a rien à me reprocher voyons... à vous de gérer votre contentieux !

Les deux sœurs échangèrent un rapide regard avant que Sélène ne brise leur silence.

— Je m'en charge ! Occupe-toi du démon !

Le chaos ambiant ne laissait guère de place qu'à l'improvisation. Keitheras avança, toujours de son pas lent, en direction de la relique, cherchant à conserver l'intensité de la menace qu'il représentait. Hélène tenta de le tenir en respect, toujours à l'aide de ses rafales de givre, sans grand succès autre que le ralentir. Le mage noir semblait jouer avec elle comme un professeur avec une élève, testant la limite de ses capacités. Réussissait-elle à le retarder ou bien se laissait-il faire ?

De l'autre côté de la salle, Sélène parvenait non sans difficulté à contenir le léviathan d'eau en gelant ses membres et en évaporant ses projectiles. Mais l'aspect colossal de la créature rendait la tâche laborieuse. Bien que capables d'une magie formidable, les deux sœurs prenaient peu à peu conscience de leur puissance limitée en comparaison de leurs adversaires. Sélène comme Hélène ressentait une sorte de verrou bloquer leurs dons à un certain palier, sans doute pour éviter qu'ils n'altèrent leur intégrité physique comme Keitheras.

Les naufragés encore en vie, bien qu'en état de choc, ne restèrent pas passifs et cherchèrent une solution. Aurélie s'employa avec panique à dénicher dans l'ouvrage millénaire une éventuelle clé, peinant à faire usage de sa concentration en un moment pareil. Estelle et Thomas quant à eux, firent le choix malhabile de s'avancer vers le Cœur, sous le regard désapprobateur des entités lévitant au-dessus de l'autel.

— Mes filles, nous allons vous donner notre force, nous incarner totalement en vous, ainsi vous vous rapprocherez de l'issue... s'écrièrent de concert la Dame Cyan et le Prince Rouillé.

Dans des éclats cyan et pourpre, les spectres se glissèrent dans le corps de leurs élues, dégageant des auras irisées particulièrement colorées, augmentant considérablement la puissance de leurs magies.

Voyant le cœur vulnérable aux deux mortels se ruant vers lui, Keitheras lâcha ses corbeaux sur Estelle et Thomas. Les volatiles croassant aux becs affûtés déchiraient leurs chairs et s'attaquaient à tous leurs corps dans une chorégraphie bestiale.

Le démon, restant dans une attitude étonnamment défensive, parait en parallèle, sans difficulté aucune, les modestes sortilèges d'Hélène qui, bien que revigorée par l'esprit de la dame cyan qui coulait en ses veines, s'épuisait en sorts coûteux et inefficaces. Sélène vacillait également, désespérée à la vision de nouveaux tentacules remplaçant les anciens, de nouvelles têtes difformes germant des moignons glacés.

Dos à dos, repoussées chacune par leurs adversaires, les deux sœurs se prirent la main. Si la fin devait approcher, alors elles lutteraient ensemble. À l'instant où leurs mains moites et endolories se joignirent avec paix, le monstre se contracta. Convulsant, l'eau le composant redevint inerte, et coula, telle une rivière en lévitation, vers le Cœur où elle se glissa avant de se taire dans un éclat lumineux. Le monstre était enfin apaisé.

— Il suffisait qu'on arrête de se faire la guerre... soupira Hélène rassurée.

Les deux sœurs acquiescèrent, et sans relâcher leurs mains jointes, firent face à Keitheras. Si leurs niveaux individuels semblaient insuffisants, l'union de leurs magies pourrait peut-être rivaliser. Le démon profita de ces quelques secondes de félicité pour se saisir d'Estelle et Thomas, les étouffant dans les serres d'ombre émanant du sol. Si miser sur leurs différends n'avait pas eu le résultat escompté, alors il prendrait des garanties.

— Tu ne pourras rien contre nous deux réunies démon ! fusa Sélène avec ire et conviction.

— Vous passez du désespoir à l'excès de confiance avec une grande habileté je dois dire, vous devriez appliquer autant de rigueur dans le maniement de vos dons... Laisseriez-vous mourir vos protégés ?

Thomas parvenait à peine à respirer sous l'étreinte mortelle de cette ombre qui broyait ses côtes et comprimait ses poumons. Les sensations de ces membres fantômes demeuraient particulièrement désagréables, une sorte de fluide glacé, à la fois vaporeux et d'une dureté infinie circulait et se massait contre leurs chairs. Aucun mot ne pouvait décrire le paradoxe physique du ressenti de ces énergies primaires.

— Sélène ! Ce que j'ai dit... tout à l'heure... jouez... avec... la.... chaleur... conseilla-t-il, dans son dernier souffle.

Le corps de Thomas fut projeté avec dédain par la main obscure, rejetant sa proie à la manière d'un enfant jetant un jouet qui ne lui plairait plus. Les lèvres tremblantes et le visage tuméfié par les larmes qui peinaient à couler, Sélène fulmina de rage. Sans faire usage d'assez de concentration, elle fit jaillir de toute sa haine une fulgurante rafale de vapeur sous haute pression en direction du démon.

Celui-ci dévia froidement son attaque prévisible, qui frappa Estelle de plein fouet, l'achevant dans un hurlement de douleur. La pauvre jeune femme subit le même sort que son complice, balancée au sol par la main ombragée, lassée de ces proies si peu résistantes. Aurélie resta pétrifiée derrière les deux sœurs.

— Non ! Non, non, non ! hurla Sélène en se jetant à genoux, s'effondrant dans le chagrin.

— Vous devriez apprendre à maîtriser vos capacités, jeune fille... ce n'est pas au sein de cette île que vous progresserez... je peux vous enseigner un savoir qui vous permettra de vous abstenir de ce genre d'incident... regrettable...

114

Sélène ne se laissa plus entraîner dans le discours du démon, préférant s'adresser à sa sœur.

— Je suis désolé... Hélène...

— Ce n'est pas ta faute ! rétorqua-t-elle.

— Bien sûr que ça l'est ! Je... je ne peux pas contrôler mes pouvoirs alors que toi oui ! Tu es capable de raison et d'équilibre, moi non ! Prends le Cœur je me charge de le retenir....

— Certainement pas !

— Oh que si !

Avec violence, Sélène déchaîna toute sa maîtrise en de violentes bourrasques de vapeurs et de glace, projetant tout ce dont elle était capable sur Keitheras qui, bien que résistant, fut rapidement submergé par le déluge de pouvoirs de la jeune fille. Le démon déplia alors ses ailes dans un battement féroce, qui déstabilisa la chef des écumeuses.

Se remémorant les dernières paroles de Thomas, celle-ci contre-attaqua en refroidissant considérablement l'atmosphère de la chambre. À mesure que le froid s'intensifiait, l'aura d'ombre autour de Keitheras semblait s'atténuer, peinant à se saisir de la chaleur ambiante. Le démon, piqué dans son orgueil, reprit sa marche, dégainant un poignard de fine facture. S'il ne pouvait triompher par la magie, il triompherait par les armes. Inexorablement et bien que ralenti, le démon s'approchait toujours plus de sa victime, qui gaspillait ses dernières forces.

— Je veux pas te laisser ! protesta Hélène.

— Si, il le faut ! rétorqua Sélène sans quitter le démon des yeux. Rejoins la réalité et protège l'humanité !

— Sélène ....

— Fais-le ! vociféra-t-elle, ses yeux orangés irradiant comme jamais auparavant.

— Hélène, votre sœur a raison ! intervint Aurélie, grelottante, dont les larmes avaient gelé sur son visage.

— Aurélie... on n'a pas pu vous sauver... tu vas mourir... lui répondit Hélène déchirée par la tristesse.

— Plus rien ne peut nous sauver... mais vous ! Vous pouvez sauver tous les autres... prenez ce livre, prenez votre héritage ! Arrêtez de fuir ! déclara la dernière naufragée avec courage et abnégation.

— Mais...

— Partez... merci pour cette aventure... je... ne regrette rien...

Keitheras canalisa une partie de sa magie dans sa dague et projeta une myriade d'éclairs ombragés dans la chambre. L'un d'eux atteint Aurélie, qui s'effondra aux pieds d'Hélène, se retenant un moment à sa robe avant de glisser dans la mort.

Décidée à s'emparer du Cœur, Hélène gravit quatre à quatre les marches dans une course désespérée, secouée par les cascades de foudres violacées de Keitheras qu'elle évita avec habileté, manquant plusieurs fois de chuter.

L'artefact trônait, brillant de lueurs bleutées, paisibles, à mille lieux du tourment en contrebas. Elle tendit la main au-dessus, ressentant les prémices de l'immense puissance qui résidait en lui. Ayant une dernière pensée pour Sélène, elle se retourna, voyant le démon à deux mètres à peine de sa sœur, désemparée.

— Je t'aime petite sœur ! hurla-t-elle dans la chambre.

— Je t'aime aussi.... expira Sélène en s'effondrant sous la dague de Keitheras.

Alors qu'elle se saisit de la rune, Hélène se volatilisa dans un immense flash azuré. Keitheras observa la pièce se désagréger dans un tremblement de terre de plus en plus intense.

Sélène agonisait au sol, meurtrie par sa blessure mais aussi par l'énergie qui la quittait, décomposant lentement son corps en une poussière magique, aux reflets orangés.

— Elle finira par vous vaincre vous savez... toussota-t-elle.

— Oui... tous finiront bien par me vaincre... mais sachez que chaque effort fait pour me combattre sert la cause que je défends. Aussi, mon œuvre est assurée... inéluctable. Vous êtes un beau gâchis jeune fille...

— Est-ce que l'humain qui vous sert de corps.... a encore la moindre parcelle d'humanité... soupira-t-elle, aux portes de l'inconscience.

Keitheras murmura des incantations incompréhensibles, abandonnant ses ailes et son regard bleuté, rétractant toute difformité en lui. Retirant sa capuche et son masque, il se présenta devant la mourante sous une apparence de jeune

117

homme brun aux cheveux longs, le visage tuméfié par la corruption, mais bel et bien humain.

— Je ne serais pas si dangereux sans elle voyons... déclara-t-il, un grand sourire aux lèvres.

Sélène s'abandonna à la mort, dans une dernière expiration, avant que son corps ne se désagrège en millions de poussières.

Keitheras traça au sol un diagramme de téléportation et quitta l'île en usant de sa magie, jetant un dernier regard satisfait à la ruine autour de lui.

L'île s'éventra littéralement sous la carence d'énergie apportée par le Cœur. Les tremblements de terre disloquèrent la région en pléthores de morceaux flottants, repris par l'océan dans le battement de vagues immenses, déterminées à effacer le passé de ce plan en dehors du temps. Celle qui n'avait jamais existé, n'existerait plus jamais.

* * *

Keitheras émergea dans une salle immense, sombre et glauque dans laquelle s'établissaient ses troupes. Des créatures de toutes sortes conversaient et s'entraînaient à des pratiques interdites, sous l'œil aiguisé de superviseurs toujours vêtus de robes bleu nuit.

A son apparition, le cartomancien se précipita pour l'accueillir avec le respect dû à son rang.

— Vous ne ramenez pas le Cœur maître ? Doit-on comprendre qu'il est aux mains de l'ennemi ? demanda-t-il troublé.

— Pas nécessairement... la rivalité de ces idiotes a provoqué la chaîne d'évènement rendant le Cœur vulnérable... par conséquent elles n'ont fait que précipiter la déchirure du voile... nous avons donc franchi une étape supplémentaire cher ami.

— Pouvons-nous instruire la prochaine phase ?

— Contactez Larning... dites-lui que le forage doit commencer.

* * *

Sur une plage de Normandie, Hélène revint lentement à elle. Éprise de chagrin, elle ne put s'empêcher de laisser éclater ses larmes et ses poings sur un sable innocent. Sélène, ses quatre complices, Vik, le millier d'habitants d'Hyd, tous avaient succombé sans que tout ceci ne soit évitable. Pétrie d'un désir de revanche et désireuse d'accomplir enfin son devoir après avoir tant sacrifié, Hélène se releva et ouvrit les yeux. De couleurs différentes, l'un renvoyait une paisible lueur cyan, et l'autre, un farouche éclat de rouille.

Sanglotant encore de toute sa tristesse, les nuages se massèrent au-dessus de sa tête, s'abattant en une pluie qu'elle pouvait contrôler. Les vagues s'agitaient à chacun de ses pas sur la grève, elle pouvait ressentir chaque goutte d'eau, chaque molécule éparpillée dans la matière autour d'elle. Se couvrant la tête de la capuche de sa tunique, elle franchit la grève et regagna le continent serrant dans ses bras le livre du sanctuaire, ultime héritage d'Hyd et de son passé.

Aussi conserverait-elle à jamais le souvenir de Murme-Crique et des prairies assoiffées, le plaisir des balades en catamarans et la joie de fouler le Val-Turquoise, la tristesse infinie d'avoir perdu une famille, et la rage éternelle de vouloir la venger...

Hélène reviendra...

Chapitre 8
La prophétie des gouttes

— Prépare-toi à boire la tasse ! Je vais te rattraper !

— C'est ça compte là-dessus, le vent souffle pour moi aujourd'hui !

Deux fillettes, l'une d'ébène et l'autre d'ivoire, l'une à la robe bleutée, l'autre dans une draperie orangée, filaient sur l'océan, fièrement portées par leurs planches à voiles.

Sans parvenir à se dépasser l'une l'autre, elles allaient de cris de joies en rires enfantins. Quelques centaines de mètres derrière elles, des dizaines de villageois tentaient vainement de les poursuivre, montés sur diverses embarcations.

— Ils sont à la traîne ! commenta la fillette d'ébène.

— On va gagner la course sœurette ! Enfin... je vais gagner la course, comme tous les ans...

Sillonnant les lagons azurés autour de l'île d'Hyd, les fillettes aperçurent enfin l'esquisse du port de Murme-Crique et ses fanions pendouillant symbolisant la ligne d'arrivée. La petite aux yeux orangés accosta la première, souriant aux villageois, appréciant leurs applaudissements. Celle à la robe bleutée, bien qu'arrivant deuxième, fut elle aussi acclamée par la foule. Au premier rang, un docker à la barbe puissante s'écria :

— Bravo mes petits anchois !

Les deux héroïnes juvéniles échangèrent un regard amusé avant de remonter les docks.

Là, un vieil homme se dégagea de la foule pour les accueillir. Le visage tendre mais moins jovial que le reste des villageois, il était vêtu d'une robe cyan couverte de symboles étranges. Les jeunes filles se précipitèrent à sa rencontre, trépignant comme s'il s'agissait de leur parent.

— Papou ! Papou ! J'ai encore gagné ! s'exclama la fillette blonde.

— C'est très bien Sélène, répondit le vieil homme en lui caressant les cheveux.

— C'est parce que t'es légère comme une brindille, commenta l'autre enfant en riant.

— Allons, vous avez fini premières avec une très belle avance sur vos concurrents, vous ferez de bonnes capitaines !

— On est des pirates ! s'exclamèrent-elles en chœur.

— Oui, des pirates si vous voulez...

Le vieil homme abandonna son sourire tendre pour arborer une expression plus grave.

122

— Les enfants, il va falloir que vous me suiviez, il faut qu'on aille au temple. La voix doit vous parler de quelque chose.

— On sera revenu à temps pour la fête du village ? demanda Hélène avec innocence.

— Oui ma grande, ne t'en fait pas...

* * *

Le trio quitta l'ambiance chaleureuse du port, sa musique et son banquet pour arpenter les chemins cahoteux et verdoyants du Bois aux rosées. Sur la route, nombreux étaient les passants à saluer les jeunes demoiselles avec une certaine déférence liée à leur rang. Certains les appelaient « princesses », allant même jusqu'à marquer une courte révérence à leur rencontre. Si les fillettes avaient droit à une haute considération, le vieil homme qui ouvrait la marche semblait au contraire provoquer la peur ou tout du moins, un soupçon de crainte. Celui-ci jouissait d'un statut différent des simples villageois, qu'il toisait avec une autorité bienveillante.

Le Val-Turquoise se fardait des mêmes décorations que le village portuaire, toute l'île était en fête, célébrant les Ichtosiens, hommes poissons éléments de Folklore local. L'homme marchait d'un pas régulier, rapide, que les fillettes suivaient en trottinant, zig-zaguant entre les buissons, sautillant de dalle en dalle.

Leur pérégrination s'acheva lorsque vinrent poindre les premiers remparts du sanctuaire de la Dame Cyan. À la vision de ces blocs monolithiques gardant l'entrée du temple, les visages des fillettes cessèrent de rire pour s'enfermer dans un silence de marbre.

Redoutant ces lieux à la manière d'enfants ayant peur de rentrer chez leurs parents après avoir commis une bêtise, les sœurs plaquèrent leurs minuscules mains contre la stèle protégeant l'entrée, qui s'écarta mécaniquement dans un bruit sourd.

Le vieil homme leur fit signe d'entrer. Sélène et Hélène échangèrent un regard résigné avant de s'y engouffrer, déambulant machinalement dans les couloirs d'un pas régulier, sachant précisément où se rendre dans ce dédale de pierres et de salles géantes.

Main dans la main, elles se retenaient bon gré mal gré, sachant que tôt ou tard une bifurcation les séparerait vers des voies opposées. Le vieil homme ne les suivait plus depuis quelques couloirs, comme s'il n'était pas digne du passage dans certaines alcôves.

Les fillettes allèrent ainsi jusqu'au croisement de deux galeries qu'elles savaient inéluctables.

— Je ne veux pas y aller... je veux retourner au port et refaire du bateau... gémit Hélène les yeux emplis de larmes perlées.

— C'est important ! On va apprendre encore plein de choses ! La rassura Sélène en tapotant son épaule. Et, si tu veux me battre la prochaine fois t'as intérêt à y mettre du tien...

L'enfant aux yeux bleus eut un sourire léger, tordu par la tristesse de devoir se séparer de la seule personne susceptible de lui apporter un réconfort. Leurs mains se lâchèrent, et chacun d'elles se dirigea vers son corridor respectif, l'une enthousiaste, l'autre chagrinée.

* * *

— Mon enfant, je vois que tu suis bien ton entraînement, tu es maintenant capable de petites prouesses, je suis très fier de toi.

— Merci ! Dites, pourquoi vous nous avez demandé de venir alors que c'est la fête des Ichtosiens ?

— Vois-tu ma fille, en cette date si particulière, l'eau murmure parfois dans ses ondines les présages de futurs lointains.

— Comme l'oracle de Falbourg !

— Exactement ! Comme l'oracle de Falbourg... Sauf que cette fois, l'eau a dévoilé de biens tristes nouvelles...

Sélène demeurait plongée dans le regard spectral du Prince à l'aura cramoisie, avide du savoir qui remplissait ce corps décharné.

— Ça me concerne ? demanda-t-elle

— Ça nous concerne tous, rectifia-t-il. Je vais t'exposer les murmures de l'eau, toi comme moi n'y verra qu'un sens fugace, éloigné. Mais, si nous nous concentrons, nous finirons par trouver le sens de tout ceci.

Le Prince Rouillé s'écarta de quelques mètres, dévoilant aux yeux de la fillette une immense coquille d'huître large comme une table, dans laquelle grumelait une nappe d'eau aussi claire qu'une vitre.

125

— Plonges-y ta tête, n'aie pas peur, la prophétie t'y sera révélée.

— Je n'ai peur de rien ! déclara fièrement la jeune fille.

Sélène s'approcha d'un pas décidé de l'imposant bassin, pressée de connaître la vérité. Elle replaça mécaniquement ses épais cheveux blonds en une épaisse queue-de-cheval avant de plonger toute sa tête dans ce microlac cristallin.

Là, une voix semblable à aucune autre, faite de vibrations complexes, transperça son crâne pour lui susurrer une sorte de poème dans une langue inconnue. Progressivement, les vibrations se regroupèrent en un agencement de mots intelligibles.

Quatre gouttes pleureront sur le sable
Les vestiges d'une tempête lointaine
De prime abord bien misérables
Elles nous préserveront de la prochaine

Trois rivières se livreront bataille
L'une d'argent, l'autre de cuivre
Une dernière jouera de leurs failles
Les condamnant à la suivre

Deux mers s'ouvriront sur l'océan
L'une de rouille, l'autre d'azur
Deux eaux similaires au cœur béant
L'une sera souille, l'autre, le futur

Un maître s'avancera sur l'île
Il essuiera les quatre gouttes,
Balayera les trois rivières
Unifiera les deux mers,
Dans une vague de doutes
Et un espoir bien futile...

126

Sélène sortit la tête de l'eau, apeurée par le discours prophétique. En larmes, sanglotant en serrant ses bras contre elle, la voix ne s'attarda pas en une éventuelle caresse de consolation.

— Tu n'oublieras pas Sélène je compte sur toi ? Les quatre gouttes ?

— Non... j'oublierai pas... les quatre gouttes, hoqueta-t-elle. Est-ce que je vais mourir ? déclara-t-elle sèchement les yeux si larmoyants qu'ils en demeuraient vitreux.

— Tout le monde meurt un jour, Sélène.

Chapitre 9
L'Archipel de l'Hérésie

Quelques mois auparavant, bien avant l'arrivée des Brestois, le temple du Prince Rouillé s'établissait fièrement sur la mer. Ce complexe pyramidal, sculpté dans une roche imbibée d'un métal antique, reflétait sur ses faces les rayons d'un soleil mourant, aux lueurs rosées. Au sommet, une autre lumière, vive et orangée, fusait vers le ciel tel un laser venant découper la voûte céleste pour se perdre dans l'immensité de la nuit éternelle. Seul le vent marin et les caquetages des oiseaux contrariaient le silence absolu de cette structure titanesque. Camps, troupes et violences l'épargnaient encore. Le colosse, avancé sur la mer, entrevoyait son avenir conquérant, sans se tourner vers la ville en contrebas abritant ses fidèles.

Pris dans leur lutte intestine, les habitants d'Oxydus colportaient des rumeurs et une idéologie étrangère à ceux qu'ils jugeaient résignés à leur sort de naufragés. À leurs yeux, la mission de protection de l'île s'était éteinte avec le dernier Vénérable. L'heure devait être à l'émancipation et au retour auprès des leurs.

Cette pensée rameutait des adeptes, notamment chez les arrivés les plus récents ou chez les natifs de l'île lassés de sa tranquillité. Dans ce climat concurrentiel, où débats et échauffourées devenaient fréquents, les deux sœurs dirigeantes de l'île, Hélène et Sélène, tentaient tant bien que mal de conserver une paix durable en gérant quotidiennement les querelles villageoises.

La situation vint à se ternir lorsqu'en un jour d'été, la nouvelle vint à leurs oreilles qu'un groupe de continentaux, étrangement vêtus, débarquait à proximité du temple. Immédiatement et dans le plus grand des secrets, les deux sœurs régentes se rendirent sur place, pour accueillir comme il se devait ces nouveaux arrivants. Un détail les alerta cependant car, d'après les dires des villageois, ces individus ne seraient pas venus par la mer.

* * *

La première vague arriva de nuit, ainsi furent nommés les Vaguenuits. Lors de cette première rencontre, ces voyageurs ne formaient qu'une poignée d'une dizaine d'individus tout au plus, dirigés par un être grand et frêle, auréolé de cristaux emprunts d'une magie bien différente de celle de l'eau. Sur les plages blanches et pures de cet archipel, les sœurs établirent un premier contact cordial, sans se douter que ces émissaires seraient porteurs du futur massacre de leur peuple.

— Amis de l'eau ! Ravi de voir que vous n'avez pas tardé à prendre contact... susurra leur chef de sa voix éraillée. Permettez-moi de m'introduire auprès de vous, je me nomme le Cristallographe, nous appartenons à un autre plan d'existence similaire au vôtre.

— Un autre plan ? Il en existe d'autres ! Je le savais Hélène ! s'écria Sélène, euphorique.

— Pardonnez l'emportement de ma sœur, c'est une première pour nous, soyez la bienvenue sur Hyd, Cristallographe, salua poliment l'ainée en calmant les ardeurs de sa partenaire.

— C'est la première fois... que vous rencontrez d'autres plans... je suppose ? évalua-t-il.

— Effectivement, de votre côté ce n'est pas la première fois ? Comment avez-vous pu voyager ici ? interrogea Hélène tout en observant sa sœur contenir les milliers de questions qui l'assaillaient.

Devant son cortège silencieux aux postures voûtées, le Cristallographe fixa son comité d'accueil, calculant une réponse qu'il souhaitait la plus évasive possible.

— Nous sommes assez coutumiers de ce type de voyage, nous avons senti quelque chose, une fluctuation, il y a de cela deux décennies, et nous avons œuvré depuis à prendre contact avec vous...

— Une fluctuation ? hoqueta Hélène, sensible aux choix des mots de son interlocuteur.

— Plutôt une anomalie... votre plan semble grandement troublé, notre assistance pourrait être la bienvenue...

— Oui ! s'empressa de répondre Sélène, reprenant la direction de la discussion. Une grande part de nos habitants cherchent à rejoindre le continent... vous croyez que votre magie pourrait nous fournir un moyen de quitter cette île ?

— Le continent... la réalité du dessous du grand-voile jeune fille ! rectifia-t-il, heureux d'avoir su piquer son intérêt, nous pourrions y travailler mais... cela nécessiterait une énergie magique absolument phénoménale... auriez-vous une éventuelle source dans laquelle puiser ?

— Il y a bien le Cœur d'Azur mais...

— Silence Sélène ! ordonna sa sœur devant l'expression mesquine du Cristallographe. Nous ne comptons pas offrir les ressources de cette île pour nous en extraire. N'y voyez pas malice, vous êtes la bienvenue, mais cette île est un sanctuaire inviolable et doit le rester, ainsi va l'ordre des choses ! conclut-elle.

— Les choses n'ont pas d'ordre princesse de l'eau... elles ne s'agencent que par un concours de volonté, et je peux vous dire qu'à cette compétition, il suffit de se donner les moyens... pour la remporter... murmura le dirigeant en riant doucement.

Devant la tournure de la conversation, Hélène tourna des talons, regagnant la route qui la ramènerait à Murme-Crique.

— Peut-être, je n'ai jamais eu beaucoup de temps à consacrer aux idées révolutionnaires... souffla Hélène avec condescendance. Tu viens Sélène ?

— Prenez le temps de vous installer Cristallographe, ajouta Sélène qui palliait le manque d'hospitalité de sa sœur, vous êtes les bienvenus sur l'archipel d'Oxydus, venez nous rejoindre ce soir pour une veillée, vous apprendrez tout de nos coutumes.

* * *

Les Vaguenuits ne manquèrent pas cette première invitation, ni les suivantes, apprenant l'ensemble des rites et des traditions de leurs hôtes naïfs et curieux. Les intérêts de Sélène et du Cristallographe convergèrent progressivement dans une indépendance relative vis-à-vis des trois autres villages de l'île.

Sélène brûlait d'envie de rejoindre le continent, ce que le Cristallographe concevait comme possible à condition d'y mettre le prix. Si leurs invités paraissaient secrets et peu avenants, Sélène mettait sa méfiance de côté tant ses espoirs dardaient de s'échapper de ce caillou flottant. S'établissant à proximité de la Flèche du Fer, les premiers Vaguenuits se mirent à ponctionner son énergie pour alimenter leur magie.

Leur première tâche fut d'ouvrir un portail permettant de faire venir d'autres Vaguenuits de leur plan qu'ils nommaient parfois Um'bral. Plus le portail s'ouvrait, plus la Flèche souffrait d'une corruption galopante. Ses protections s'amenuisent de jour en jour, laissant échapper de nombreuses fuites d'une rouille corrosive sur toute la partie est de l'île. Cette corruption fut au départ imperceptible, avant de s'emparer de toute la région lorsque l'énergie de la Flèche fut entièrement drainée. Là, un véritable sinistre survint. L'effondrement de la structure eut l'effet d'un séisme, propageant les germes de la rouille jusqu'à l'embouchure de La Veine. Bientôt l'eau se teinta de la couleur du sang, semblant annoncer le massacre à venir.

* * *

D'une dizaine de touristes, les Vaguenuits devinrent rapidement une force colonisatrice, établissant leur base principale au pied du temple du Prince Rouille. D'un campement modeste sur ces îlots sableux jaillit un véritable bastion, l'Archipel de l'Hérésie. Se gardant bien d'informer les autres villages, se refermant progressivement sur cette cause suprême, Oxydus porta toute son allégeance à Sélène qui elle-même fit vœu de contribuer à l'œuvre du Cristallographe, tant que celui-ci-ci l'aidait à accomplir son objectif.

Mais ces colons s'avéraient toujours plus demandeurs d'énergie, gourmands, sans véritablement montrer des signes de satiété. L'incident de la Flèche du Fer sonna une première alerte de conscience chez Sélène qui n'eut d'autre choix que de mener une discussion ferme avec ses alliés. Elle se fraya un chemin jusqu'au centre de l'archipel, non sans avoir eu à se justifier de son droit de passage ce qui l'irrita considérablement.

— Cristallographe ! Il me semble que vos hommes ou que sais-je n'ont pas à m'interdire le passage sur MES terres ! Vous êtes accueillis ici en tant qu'invités ! tempêta la jeune femme bonde.

134

— Mes hommages princesse, navré du zèle de mes troupes. Vous savez bien que votre sœur et ses sbires se montrent curieux et de plus en plus intrusifs... se justifia-t-il en l'approchant lentement. Nous avons été contraints de prendre quelques dispositions par mesure de sécurité voilà tout... n'y voyez pas offense surtout...

— Je n'y vois pas d'offense tant que nous touchons au but, comment se présente la situation ? Notre région souffre déjà de la rouille, sans compter les difficultés diplomatiques avec les autres villages, que devons-nous encore sacrifier pour que ce damné portail vienne à s'ouvrir ?

— J'ai bien peur princesse que vous sous-estimez la quantité d'énergie nécessaire, la seule option serait d'utiliser directement le Cœur d'Azur, votre relique la plus puissante, proposa le mage avec fatalité.

— Hélène ne permettra jamais une chose pareille ! Et d'ailleurs j'y suis opposée aussi... je pensais que la Flèche vous suffirait, qu'avez-vous fait de cette énergie ?

L'éclat des gemmes au-dessus du Cristallographe se ternit légèrement, comme s'ils marquaient une contrariété ou bien simplement, un état de surprise.

— Est-ce un interrogatoire princesse ? Vous avez le sens des affaires je suppose, vous comprendrez que tout service se monnaye, argumenta-t-il d'un ton plus irrévérencieux. Vous souhaitez vous libérer de ce plan, et en échange, nous avons eu besoin de cette énergie pour... notre survie.

— Votre survie ? En quoi votre survie se voit-elle menacée sur cette plage ?

Le Cristallographe poussa un soupir résigné avant d'inviter la dirigeante de l'écume à le suivre dans les profondeurs de leur camp, dans un sous-sol aménagé en laboratoire secret.

Là, une cage de fer retenait de pauvres malheureux provenant de Falbourg. À côté de la geôle s'établissait une sorte de planche médicale, devant servir à de sombres pratiques. Plusieurs notes et ouvrages griffonnés dans une langue incompréhensible fourmillaient dans ce décombre aux parois de grès, maculées de projections de sang. Sélène poussa un cri horrifié.

— Qu'est-ce que ça signifie ? Une salle de torture ? Vous osez torturer notre peuple ?

— Du calme... ces jeunes gens ont été pris en flagrant délit d'espionnage de nos activités... nous les avons retenus captifs en attendant que vous ne jugiez de leur sort... bien entendu...

— Bien entendu... répéta-t-elle dans un entremêlement d'insolence et d'inquiétude. Libérez-les ! ordonna-t-elle, la voix grave.

Ses yeux fulminèrent d'une lueur orangée, s'apprêtant à incanter un sort dévastateur pour neutraliser ces colons de mauvais augure. Des gouttelettes d'eau suintèrent de sa main et s'agglomérèrent pour former un cône qu'elle gela jusqu'à obtenir un véritable javelot en lévitation. Menaçant directement de transpercer le

Cristallographe s'il ne mettait pas un terme à cette mascarade, ce dernier exulta d'un rire gras et sonore, décontenançant la princesse habituée à ce que l'on respecte son immense pouvoir.

— Votre puissance vous honore princesse, je m'incline devant cela... néanmoins je n'exécuterai pas votre demande, pas avant que vous ayez vu la fin de mon exposé.

— Faites vite, je m'ennuie rapidement ! répondit-elle sèchement sans baisser sa garde.

Le Cristallographe ouvrit la cage pour en sortir un homme apeuré, abasourdi par la teneur des évènements. Lui faisant signe poliment de s'allonger sur la table, il invita deux de ses disciples à ses côtés pour l'assister tout en faisant signe à Sélène d'observer attentivement la scène.

Les trois Vaguenuits utilisèrent les cristaux pendus à leurs bâtons pour infuser le malheureux. Une sorte de rayon violacé apparut à proximité du Cristallographe, pour se rediriger et se renvoyer de cristal en cristal, formant un triangle irradiant davantage à chaque réflexion sur les facettes des gemmes. Le prisonnier, au centre du triangle, se contorsionna de douleur jusqu'à présenter sur l'ensemble de son corps des inscriptions et des stigmates noirs, courant comme un réseau de veines obscures sur sa peau. Sélène reconnus en ces marques abjectes quelques glyphes similaires aux symboles des temples qu'elle fréquentât plus jeune.

Observant le spectacle avec dégoût, manquant plusieurs fois de l'arrêter de force, elle se résolut à laisser le Cristallographe aller au bout de son argumentaire, si celui-ci pouvait encore la convaincre de quoi que ce soit.

À son réveil, le prisonnier changea brutalement de comportement, ses yeux devinrent emprunt d'une lueur indigo, sa mâchoire presque disloquée se fardait d'appendices tombant sur sa barbe devenue blanchâtre ; il apparaissait comme possédé. Immédiatement, les Vaguenuits assistants lui tendirent l'un de leur bâton ainsi qu'une bure neuve, qu'il revêtit avant de rejoindre fièrement les rangs de ses nouveaux semblables, comme si de rien n'était.

Sélène relâcha son javelot de glace, qui se brisa sur le sol. Elle qui pensait tout connaître de la magie et de ses pratiques, fut tétanisée par l'horreur se déroulant face à elle.

— Qu'est-ce que vous êtes au juste ? Des monstres ? bredouilla t elle indignée.

— D'où nous venons les joies du corps nous sont étrangères. Pendant des millions d'années nous errions, loin de toute matérialité... jusqu'à ce que nous apprenions à recréer cette joie par nous-même, par notre don pour la magie. Voilà ce que nous recherchons ici, des élus, des réceptacles à nos esprits solitaires, perdus, un espoir de voir renaître notre civilisation.

— Et leur libre arbitre ? Ces gens que vous parasitez que deviennent-ils ? marmonna-t-elle, choquée.

— Ce n'est que justice élémentaire. L'homme a toujours connu la matérialité, et désire s'élever à la

138

spiritualité, nous sommes dans l'exacte situation inverse. Voyez cela comme un échange de bon procédé... peu importe qu'ils soient d'accord ou non, nous rétablissons l'équilibre. Je ne crois pas que celui qui a créé cet état de fait ne nous ait jamais demandé notre avis pour nous condamner à l'état d'esprit. Vous a-t-on demandé votre avis Sélène ? Pour vous piéger sur cette île ? Vous qui avez tant de pouvoir, servez-vous-en comme on s'est servi de vous.

— Je crois comprendre votre objectif, mais qu'en est-il du Cœur ? reprit Sélène.

— Je ne plaisantais pas quand je disais qu'il était la seule source susceptible de faire traverser votre peuple vers le continent. Cette relique que vous décrivez dépasse de loin mes compétences mais je sais que dans vos mains, elle pourrait accomplir tout ce que vous désirez...

* * *

Les paroles du Cristallographe se glissèrent insidieusement dans les tréfonds de son âme, agitant chaque particule de conflit qu'elles pouvaient rencontrer.

Dans son esprit torturé, de multiples pensées s'affrontaient, mais toutes convergeaient vers cette relique à l'immense pouvoir. Tout la dirigeait vers ce but. Le cœur de l'île faisait battre les flots, son cœur faisait battre ses maux.

D'abord, son désir d'émancipation et sa soif de découvertes ; plus que tout elle voulait s'offrir ce vaste monde où tant de choses restaient à voir. Puis, inconsciemment, se dressait son orgueil démesuré et son appétit féroce pour la puissance et la magie. Constater les dons du Cristallographe l'effrayait autant que cela l'agaçait. Si d'autres devaient posséder des dons surnaturels, alors elle devrait régner sur eux. Si certains s'avéraient talentueux, alors elle serait exceptionnelle, unique.

Dissimulant sa vérité sous un masque de dévotion pour son peuple et une éventuelle quête de liberté, c'est le pas tremblant qu'elle se dirigea vers le temple du Prince Rouillé, à la tête d'un cortège de Vaguenuits et de villageois d'Oxydus pétris d'espoir, priant pour rejoindre leurs foyers oubliés, ces vies lointaines anéanties par les remous d'un océan infini.

Se hissant sur un rocher comme pour grimper à une tribune présidentielle, le vent salé fouettant son visage et soulevant ses cheveux parsemés de sable, Sélène eut pour son peuple un discours étrange, galvanisé par ses désirs contradictoires.

— Mes frères et sœurs, aujourd'hui marque le commencement d'une ère nouvelle, aujourd'hui marque la consécration de ces pénibles années passées ici, sur cette prison de sable ! L'heure est venue pour nous de nous évader !

L'assemblée poussa des cris de joie, éprise d'une ferveur communicative, d'une certitude presque euphorique.

— Ce temple que vous voyez en face, trônant face à nous, nous nargue pour la dernière fois de son

140

existence. Ensemble nous briserons cette dernière serrure nous séparant de notre liberté !

Les cris redoublèrent d'intensité, chacun brandissant les outils de démolition qu'il avait pu trouver. Maillets et lames se côtoyaient, tournant dans des mains impatientes de frapper leur geôlier à la recherche de cette clé promise. Sélène marqua un temps avant de reprendre son discours d'une voix plus mesurée, que le Cristallographe sous son épaisse bure nota comme profondément insincère.

— Dans quelques heures, il sera temps de nous dire au revoir, de retrouver nos vies d'avant les tempêtes qui nous ont conduites ici. Nous cueillerons la vie et goûterons aux plaisirs qui nous ont été dérobés, alors allez-y ! Saccagez ce temple ! Fouillez sous chaque pierre, chaque salle, trouvez la chambre du Cœur ! Fracassez ces murs jusqu'à ce qu'une rouille écarlate n'assombrisse ces eaux absconses par lesquels vous êtes venus ! Soyez cette écume cuivrée ! Soyez cette frappe vengeresse !

Dans un déluge de feu, de fer et de sorts incantés par les Vaguenuits, le temple s'inclina en un éboulis cramoisi. Vaincu par l'ire de ceux qu'il nourrissait autrefois, ce colosse architectural sombra en de petits atolls de pierre dans l'océan agité.

Triomphaux, Sélène et ses troupes prospectèrent avec une certaine précipitation l'ensemble des débris, sans trouver la moindre trace de chambre souterraine. Le Cœur d'Azur ne se trouvait pas ici.

Frustrée, enragée par cet échec après avoir tant espéré, Sélène s'inquiéta d'un tout autre sujet. Car si l'objet de leur quête demeurait absent du temple du Prince, il reposerait certainement au sanctuaire de la Dame Cyan, au centre du territoire occupé par sa sœur. Que dirait Hélène face à cet héritage massacré, à ce lieu souillé par une vaine obsession ? Les yeux orangés de la princesse de rouille se ternirent d'un fragment de larme se mêlant à l'écume à ses pieds. Elle qui rêvait de conquêtes, de plaisirs, ne faisait que détruire.

Le Cristallographe sembla deviner ce qui la traversait et se glissa dans son dos, glacial.

— Vous savez ce qu'il vous reste à faire... princesse... Ils comptent sur vous... ne les décevez pas plus que vous ne vous décevez vous-même...

Appendices
Les arcanes de l'île

Une simple histoire ne saurait rendre compte de l'intégralité des enjeux et des secrets que renferment cette simple île perdue au milieu des eaux infinies. Quelques éléments non mentionnés méritent d'être rapportés. Faute de mémoire d'homme, le codex rapporté par Hélène permettra d'en tracer un aperçu, de mémoire de livre...

Les Vénérables, des sages évaporés.

Véritables gardiens du savoir et premiers véritables naufragés de l'île d'Hyd recueillis par Hydranar, les Vénérables ont appris les secrets de l'eau et participé à la construction des Flèches. Formant un conseil restreint d'une poignée d'individus, ils furent bénis par l'ange et le Cœur d'Azur par le don d'une fiole d'eau *« versée par le Cœur »,* augmentant considérablement leur espérance de vie en l'échange d'une dévotion totale.

Les siècles passèrent et les Vénérables finirent par s'éteindre l'un après l'autre, tandis que l'île se peuplait davantage à chaque nouvelle tempête. Respectés par la population locale, ce sont eux qui unifièrent les villages et enseignèrent la voie de l'eau aux naufragés coupés de leurs civilisations. Dans un rôle d'accompagnement et de fédérateurs d'un peuple hétéroclite, ils façonnèrent peu ou prou la quasi-totalité des traditions et rites propres à l'île, créant ainsi une micronation en complète autarcie.

Le dernier des Vénérables éleva Sélène et Hélène comme des sœurs, sentant vibrer en ces deux bébés naufragés un potentiel phénoménal. Il prit en charge leur éducation et s'éteignit paisiblement à l'orée des vingt ans de leurs protégées. Les sépultures des Vénérables sont des lieux de pèlerinages et de prières pour l'ensemble des habitants qui viennent bien souvent s'y recueillir. Le codex découvert par Aurélie et rapporté par Hélène a été, en partie seulement, complété par leur œuvre.

L'Al'Therranien, un langage oublié

L'Al'Therranien, souvent raccourci en Alterrien, est le nom donné au langage écrit trouvable sur les temples de l'île d'Hyd. Son origine remonterait aux temps anciens où les anges marchaient parmi les hommes. Ces enchevêtrements de symboles, a priori indéchiffrables, trouvent pour certains esprits, notamment chez les Vénérables, un sens particulier.

De prime abord, ces glyphes sont façonnés par des formes géométriques simples, avec des répétitions, et parfois de l'asymétrie. Empruntant une fonction similaire aux idéogrammes chinois sans construire véritablement une syntaxe et une grammaire, les glyphes représentent des idées.

Celles-ci peuvent signifier des objets, des valeurs, ou incarner un concept ou une prédiction. Aurélie nota au cours de son aventure que si la magie des Vaguenuits différait de celle des deux sœurs, les symboles présents comportaient une certaine cohérence graphique, signe d'une origine commune.

Si comme l'affirmait Hydranar, le temps du Voile est désormais compté, des découvertes futures, en d'autres complexes antiques, permettraient de déchiffrer ces inscriptions particulièrement curieuses, le codex pourra y aider.

Les cuves d'archive, un écosystème unique.

La faune et la flore de l'île semblent, pour un visiteur contemporain, d'un naturel commun voire banal. Pourtant, ce ne fut pas toujours le cas. Ce sanctuaire flottant repose sur une machinerie complexe qui au fil de la colonisation humaine s'est adaptée à l'écosystème continental de l'ère moderne.

Lorsqu'elle était encore vierge de toute présence humaine, l'île abritait des espèces expérimentales créées par évolutions endémiques de lointaines races d'animaux. Aussi bien des théropodes que des arthropodes en passant par une myriade de fleurs et de plantes au fonctionnement unique. Dans les tréfonds du temple de la Dame Cyan, de grandes cuves presque infinies contiennent des exemplaires de ces spécimens, laissés à l'état de stase pour être réimplantés dans un futur plus ou moins lointain.

Les eaux environnantes sont d'ailleurs toujours habitées par une espèce sous-marine, et relativement intelligente, les Ichtusiens. Ceux-ci, germant de la volonté du Cœur D'azur, sont des êtres élémentaires ressemblant à des hommes-poissons, d'où leur nom. Vivant sous forme de petites tribus dans les eaux profondes, ils ont progressivement renoncé à toute interaction avec la surface depuis que les premiers naufragés sont arrivés. Devenant une légende pour les villages d'Hyd, un jour de fête leur est consacré, et des offrandes leur sont délivrées le long des rivages, en signe d'amitié.

En vérité, les Ichtusiens souffrirent beaucoup du conflit interne secouant l'ange Hydranar et finirent tout comme lui par se scinder en deux clans. Bien avant le schisme de l'écume et du crochet, certains se mirent à muter et à attaquer leurs congénères.

Bien que peu malins, disposant d'une intelligence de groupe à rapprocher du comportement des bancs de sardines, les Ichtusiens connaissent et craignent le Léviathan, qu'ils considèrent d'ailleurs comme leur chef.

Le Léviathan, le monstre de l'île.

Le Léviathan d'Hyd, affronté à trois reprises par le groupe au cours de cette aventure, est une sorte de manifestation physique de l'énergie de la rune de l'eau, aussi appelé Cœur d'Azur.

Cette énergie colossalle, dépourvue (a priori) de moralité et d'aspirations nécessite une pléthore de systèmes de sécurité magiques pour être durablement contenu. L'île, les flèches, les deux temples et l'entretien des Vénérables et de la population locale remplissent cet objectif au quotidien.

Endormie dans une large cavité souterraine au centre de l'île, la créature résida durant la quasi-totalité de son existence à l'état de larve. Puis, agité par la corruption du Prince Rouillé, il débuta une croissance sur les germes du conflit, cherchant à détruire l'un des deux aspects de la dyade pour rétablir son équilibre et retrouver son sommeil.

Ainsi, à chaque Flèche détruite, davantage de puissance est déviée du Cœur vers la bête qui grandit, encore et encore, jusqu'à atteindre le palier du Léviathan.

Personne ne connait la véritable limite de cette créature qui pour être combattue doit être apaisée. Aucun ange ou démon, pas même Hydranar ou Keitheras, ne pourrait venir physiquement à bout d'une telle manifestation, la magie ne pouvant le contenir indéfiniment. Le palier du Léviathan est-il seulement le dernier stade de développement de la créature, lorsque l'on sait que l'énergie de la rune de l'eau est infinie ?

Il est d'ailleurs probable, que si la rune de l'eau constitue une relique élémentaire parmi onze autres, que ses homologues puissent produire des monstruosités toutes aussi puissantes et dévastatrices...

Hyd, Um'bral et les autres plans d'existence.

L'univers où on l'entend admet l'existence de plans parallèles, plus ou moins vastes, construits autour des reliques élémentaires comme le Cœur d'Azur. Ces plans, sanctuaires, ou encore royaumes astraux selon le nom qu'on leur donne, sont agencés, comme l'expliqua Hydranar, dans un enchevêtrement cosmique complexe.

Le codex récupéré par Hélène contient une vue schématique de cette organisation. Si la terre en dedans du Voile est matérialisée par une sphère centrale, les différents plans comme l'île d'Hyd réalisent un mouvement tout autour, ce qui se traduit par un changement de position géographique pour les « portails d'accès ».

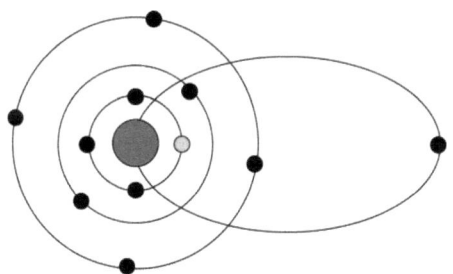

L'élément remarquable de cette construction, c'est que les plans orbitent à des distances différentes du Voile. Il peut donc être conjecturé que certains plans sont plus « lointains » et par conséquent plus difficiles à atteindre pour d'éventuels voyageurs.

Passer d'un plan à un autre a tout de l'exploit physique, même pour des êtres provenant d'autres plans, comme les démons d'Um'Bral, car ceux-ci doivent saisir l'occasion de se déplacer en saisissant l'exact moment où leur plan orbite au plus proche de leur destination.

Nul doute que les prochaines années livreront des éclaircissements sur ces lieux mystiques et les relations qu'ils entretiennent.